編集を愛して

アンソロジストの優雅な日々

松田哲夫

筑摩書房

序章　オタクだった僕
8　わが雑本ライブラリー
12　僕は本を探さない
16　映画「灰とダイヤモンド」
21　なんで編集者になったのか？

第一章　アンソロジーは花盛り
24　ボンテンペルリに逢ったかい
29　アンソロジーとは何か
33　『ちくま文学の森』にはじまる
57　『ちくま哲学の森』につづく
67　失敗した新シリーズ
71　『中学生までに読んでおきたい日本文学』
90　『日本文学100年の名作』

第二章　装丁ものがたり

102　僕は本に恋してる

108　装丁でたとこ評論
地券表紙を愛でるの巻
スッキリ、クッキリ、南くんデザインの巻
特注クロス黄金時代の巻
小さな実験場・水星文庫の巻

117　装丁大福帳
思いっ切りの良い装丁の巻
平野甲賀流書き文字術の巻
似顔絵名人・指定名人・和田誠の巻
装丁技のデパート祖父江慎の巻
作風も人柄も気持ちいい多田進の巻
クレスト装を生み出した新潮社装幀室の巻
抜群の安定感を誇る鈴木成一装丁の巻
いつまでも衝撃的な菊地信義装丁の巻

第三章　異人たちとの戯れ

134 一冊の漫画誌から
137 神保町トライアングル
148 アドリブ倶楽部と野坂昭如
157 地獄のなかに天国を見る・種村季弘
163 転んでもタダでは起きない
166 河童のユートピア
170 ねずみ男の冒険
172 水木しげるサンお別れの会　弔辞
175 鶴見俊輔はキ××イである
179 鶴見俊輔さん固有の力
184 大江健三郎の指の先
187 底ぬけタイトル顛末記
197 「王様のブランチ」効果

第四章　人を集めて何かを編む
202　赤瀬川原平と「美術手帖」
214　路上観察学への招待
221　「陰謀家」の密やかな笑い
229　「論壇地図」の泥沼
終章　編集をこよなく愛す
242　難病二冠王の心構え
245　古書になって輝く本を作り続けたい
248　松田哲夫年譜
254　あとがき

序章　オタクだった僕

わが雑本ライブラリー

はっきり言って、僕は雑本漁りが大好きだ。街で古本屋に出くわすと、店の外に並んでいる一冊一〇〇円の本に、つい手が伸びてしまう。古書展でも、並居る名著・稀書・珍本の類いをよそに、棚の下に積み重なっている雑本に目を奪われてしまう。その結果、自分でも首を傾げざるをえないような本が、わが家の書棚には並ぶのだ。

古本屋通いを始めたのは中学三年の頃だから、永い歳月を経ているのに、一向にまともな蔵書やコレクションができないのは、僕の中に生きているオタク魂のせいかも知れない。

でも、さしもの僕も、手当たりしだいに雑本を買い漁っているわけではない。普段は、なるべくその手の本を買わないようにと自分に抑制をかけている。そうでないと、ヘンな書名の本、なにかイカガワシイ雑誌、あきれるほどズサンな冊子、奇本珍本など、誰も買いそうにない紙屑の山に埋もれて窒息してしまうだろう。

現に、僕の抑制をかいくぐって侵入してくる珍本・奇本の類いは後を絶たない。こうしてたまってきた、わが雑本ライブラリーのスターたちの中から、飛び切りの連中を紹介しよう。

最初は「家庭報國廢物利用五百種」、昭和一三年七月一日発行、「主婦之友」の付録だ。戦時体制下、物不足の時代に「足らぬ足らぬは工夫が足らぬ」とばかり、廃物利用のアイディアを募り、読者が競って投書したものを集めた、挿絵入りの楽しい小冊子だ。

雑本漁りをする僕のどこかに、「このまま誰も買わずにいると、もったいない」という気持ちがあるせいか、国策に沿いつつ、過剰に踏み越えてしまう投書者たちに、人ごとではない親近感をもってしまった。

高見澤矗江氏の「罐詰めの空罐で燈火管制用電燈カヴァー」も、佐々木増枝氏の「古洋傘《パラソル》で赤ちゃん蒲団」も、志水志津子氏の「古シャツで男子用パンツ」も好きなのだが、わが貧乏症大賞をあげたいのは、次の二氏である。まず、「主人の鼠色と紫紺の毛の靴下で、五歳の坊やの可愛い水着を作りました」という山口キミヨ氏、使い古した靴下の水着を是非見てみたい。そして、グランプリは植松美恵氏にさしあげたい。彼女は「婦人用古靴下で乳カヴァー」すなわちブラジャーを作っちゃったのだ。いかに絹が貴重だからといっても、足に履いてつかい古したものを胸にもってくる、その革命的勇気には、ただ脱帽！

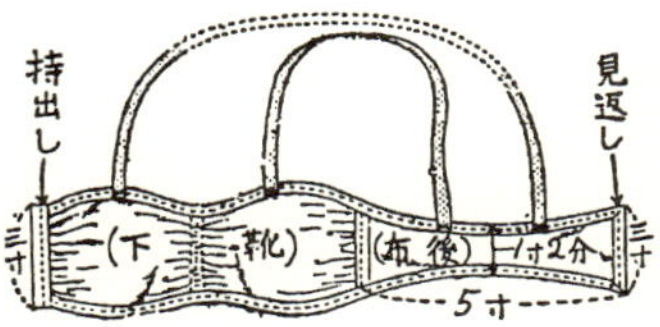

二番目に紹介したいのは、「處女と妻の新讀本」、大正一六年一月一日発行・「婦人倶樂部」新年號附録である。この世に存在しなかった大正

一六年のお正月というのがうれしい。冒頭にある編者の「野の白百合も綺麗であります が、凡そ世の中に、精神美と肉體美とを兼備えた『處女』ほど淸らかなものはあります まい」云々という序文からワクワクしてしまう。

この本の白眉は「誘惑の話」だ。この頃、不良少年少女が増加してきて「最近の調査によりますと、(東京では)その數實に四千八十四名といふ夥しい數字」になっているそうだ。その不良の誘惑の手段が面白い。「『にぎり』『觸り』誘惑手段の最初に用ひられるもので、目ぼしい婦女子の身邊に近づき、知らぬ風を装うて手を觸れ、又は手を握る――」さらに「『語り』『送り』電車の中などで、ある機會を作つて『こみますね』といふ風に話しかけるのが『語り』。――『ご一緒に參りませう』が『送り』」だそうだ。

三番目の本は「ぢ典」(ヒサヤ会中央連絡事務局発行)。これは、ヒサヤ大黒堂の薬で治った、または治りつつある痔疾患者の感謝集というか、体験談集。

この本では、肛門を「鏡にうつすのが私の楽しみ」という高岡市のいぼぢの主婦の信仰告白のような話も染み染みといいのだが、中でも迫力があるのは、名古屋市のK氏の日記だ。藁にもすがる思いで送金し、ヒサヤ大黒堂の薬が到着した日「祈る気持で説明書に従って使用する。誰も来ない宿直室で……。夜入浴後再度使用。一日に数回は出来ない。精々二回だ。之れで良いのか?」そして、奇跡的に効いて、「ヒサヤ会で名古屋ミヤコホテルに招待を受ける。……誰か十数年来の……と云って謝辞をやって居る。『ナニイッテヤンデー、俺のは戦前の軍隊製のぢだゾー』変な事で威張り度くなる」

……余計なことながら、このKさん、痔が完治してしまったら、生きがいをなくしてしまうのでは、と心配になる。

最後に、近頃、雑本ライブラリーに仲間入りした一冊を紹介しよう。書名は「ニコニコ寫眞畫報」（大正元年初版発行、大正三年三版発行）。当時の銀行家牧野元次郎が「總て汝の悲を葬れよ!!!! 只ニコ〳〵せよ!!!! ニコ〳〵せよ！」とのスローガンの下に結成した「ニコ〳〵倶樂部」発行による写真集だ。

この写真集は、全三二三頁にわたって、ひたすら笑顔の写真を収録している。上は皇族、華族から、軍人、政治家、財界人、学者、文士、女優、芸者、さらには子供、動物にいたるまで、のべ千人以上の笑顔が、捲っても捲っても出てくる。最初は「ただニコニコすりゃいいってもんじゃないだろう」と、銀行家主唱の新生活運動にケチをつけたくなるのだが、しだいしだいに、そこに並んでいる笑顔に引きつけられて、見ている僕も、いつの間にか頰を緩めているのだ。気分が落ちこんでいる時に、パラパラめくっていると、不思議と楽しくなってくる本だ。

やや駆け足で、わが雑本ライブラリーのスターたちをご披露したが、恐るべきことに、わが書棚の雑本たちはジワッジワッとふえ続けている。それも、他人に紹介するのも恥しい、極め付けの駄本ばかりなのだ。

僕の悪癖が、僕をどこまで連れていってしまうのか、やや不安な今日この頃だ。


（「本の雑誌」一九八六年一二月）

僕は本を探さない

かつて僕はコレクターの卵だった。古本屋や古書展を巡って、ある時は映画のパンフレットや貸本漫画本を、ある時は燐票や引札を漁っていた。宮武外骨発行雑誌完全蒐集の雄図を抱いたこともある。そして、細やかなコレクションの果てに、「世界」をこの手に収める日を夢みていた。

「しかし」と、世間知らずのコレクターの卵も思いあたる日が来た。「貧弱な資金と、乏しい情報力、限られた時間の中で、ある『世界』を集め尽くすことなど不可能ではないか」。

ある人からも「真のコレクターになるには、まず第一にお金がふんだんにあること、第二に時間が自由になること、そして奥さんを貰わないことだ」と聞かされ、僕には所詮コレクターになれる条件すらないのだ、と改めて思い知らされた。

コレクターの道をあきらめかけた頃、ちょっとした弾みで出版の世界にまぎれ込み、編集者の卵になった。手探りで、覚束ない足どりで、この仕事を始めていた。「そうだ」と、身の程知らずの卵は考えた、「コレクションのかわりに、自分のお気に入りの物《マイ・フェイバレット・シングス》だけを集め、編集することで、『世界』をコンパクトに手中にしてやろうじゃないか」と。

そう考えだすと、押入れの一郭で、増殖しつつオーラを放つ古本・古物の山よりも、情報や夢、仕掛や企みを詰め込んで、世間に送り出す一冊の新刊本の方が光り輝いて見えてきた。こうして憑き物が落ちたように、僕の蒐集熱は醒めていった。オタク魂に取り憑かれていた時には、デザインが平凡な燐票でも、魅力に欠ける引札でも、珍品であれば、それなりに胸が時めいたものだった。この熱が醒めてみると、嘘のように、こうした胸の高まりも消えていった。

だから、熱烈にある本を探すといった欲求は薄れていった。ある書き手の本を集めようとか、ある雑誌のバックナンバーを揃えてやろう、という努力もしなくなった。そうした本や雑誌に収められている情報が必要なら、国会図書館や版元、場合によっては著者やコレクターにあたって、読むかコピーをすればいい、とビジネスライクに考えるようになった。

では、古本屋まわりや古書展探訪が楽しくなくなったか、というと、これが大違い。冷静な判断を下す編集スピリッツがオタク魂から変異し、増殖し続けると、オタク魂に取り憑かれていた時の、気負い込んだ、重苦しい気分に比べて、スッキリと爽快な気分で書棚に目を走らせることができるようになったのだ。

古書展会場に足を踏み入れた時、「あの本が欲しい」とか「こういう本がないかな」などと一切考えずに、書名が目に入るぐらいのスピードで、サーッと会場内を足早に移動していく。すると、僕の足を自然に止めさせる本がある。「本が呼んでいる」というか、僕の中から出ている透明な触手が、その本の〝何か〟にピクンと触れるというか、そんな感じがする。その本を買わなくても、暫く手に取って眺めていると、僕の触手に触れた何かについて、次々といろんな妄想が湧きあがってくる。実は、僕にとって編集企画の胚種ともいうべきものは、この時生まれることが多い。

ひとたび、僕の中に企画の胚種ができると、今度はやや意識的に、その芽を伸ばすための栄養を、という目で棚を見るようにする。例えば、後にちくま文庫の『東京百話』『温泉百話』『犯罪百話』『天皇百話』というアンソロジー本に結実したものの場合、頭の片隅に「東京」「温泉」「犯罪」「天皇」といったキーワードを置きながら、古書展を流し歩いていって、資料の一部を集めていった。

アンソロジーを編む時は、基本的におさえねばならないものについては、編者の蔵書及び会社や図書館にある全集類で、大体カバーできる。僕が古書展などで買う本は、いきおい雑本ばかりになってくる。たまに二〇〇〇〜三〇〇〇円の本を買うこともあるが、大半は一冊一〇〇〜五〇〇円の本だ。経験的にいっても、こういう買い方をした方が、思わぬ拾い物に出くわす確率が高いからだ。

ちなみに、最近の雑本漁りの成果をあげてみる。岸田國士『時・処・人』（昭11）、徳川夢声『話術』（昭24）、スタニスラフスキイ『俳優修業』（昭26）、正宗白鳥『思想・無思想』（昭28）、水谷準訳『ふらんす粋艶集』（昭28）、伊東忠太『法隆寺』（昭15）、折口信夫『恋の座』（昭24）、塩尻公明『或る遺書について』、薩摩治郎八『せ・し・ぼん』（昭30）、大庭《おおば》柯《か》公《こう》『露国及露人研究』（昭26）、『ペインティング・ブック・動物類』（昭和初期？）、海音寺潮五郎『得意の人・失意の人』（昭34）……この支離滅裂ぶりには、書いていて我ながら驚いた。それにしても、この一二冊のお値段は、しめて二三〇〇円。古本屋さん、お手数ばかりかけて、ゴメンナサイ！

（「彷書月刊」一九八九年一〇月）

映画「灰とダイヤモンド」

中学から高校にかけての僕は、気の多い少年だった。アメリカン・ポップス、ミステリー、さらには映画と、次々といろんなものにのめり込んでいった。学年があがるに従って、映画への関心が強くなり、毎年観る本数も三〇〇本前後の年が続いた。

自分の小遣いの限界もあるので、毎回ロードショーを観ることはできない。そのうちに、ひいきの監督や俳優ができると、名画座などで上映される旧作を見つけては足を運ぶようになる。「ぴあ」がない時代なので、都内の主要な名画座のスケジュールは、自分で確認しなければならなかった。

映画は、主に土曜の午後と日曜にしか観ることができない。そこで、観たい映画が重なっていると、一日に二～三館はしごすることになる。六本まで観た日があったが、三館目から外に出た時には、さすがに頭がクラクラした。

この時代に観た映画の中で、ベスト1を選べと言われたら、僕は迷うことなく「灰とダイヤモンド」をあげるだろう。

一九五八年のポーランド映画で、アンジェイ・ワイダ監督の三二歳の時の作品だ。ドイツが降伏した直後のポーランド。ソ連に後押しされた共産党とロンドン亡命政府との対立を背景に、一人の若きテロリストの悲劇が描かれる。

ソ連東欧圏でスターリン批判があり、それに続く雪解けムードの中で生まれた作品なので、共産党に抵抗するマチェックという主人公が、とりわけ印象的だった。そして、報われない戦いに傷ついていく若者の姿に、当時の六〇年安保世代が共感したのも頷ける。

当然ながら、僕は、封切り時には観ておらず、名画座で出会った作品の一つだった。その頃、七〇年安保に向けて、運動の萌芽が出始めていた。僕たち高校生も、幼稚な思考ながら、国家体制や権力に立ち向かっていくべきだと思っていた。その権力の中には、既成左翼である共産党も含まれていた。しかし、国家から共産党までという巨大な相手に対して戦いを挑んでみても、勝てるとは思えない。でも、そういう試みが、未来に向けて何かを生み出す力になるかもしれない、という微かな希望も抱いていた。

そういう僕の心情に、この映画はピッタリはまった。だからこそ、マチェックを演じていたズビグニエフ・チブルスキーの表情や身のこなしなど、佇《たたずま》いのすべてがかっこよく見えた。時々、彼の真似をしては一人でヤニ下がっていた。

この映画の魅力はそれだけではない、白と黒のコントラストが効果的に活かされたモノクロの映像は鮮烈だった。党地区委員長をマチェックが暗殺した時にあがる花火のシーン。ワルシャワ蜂起で死んでいった仲間たちを偲びながらグラスの酒に火をともすシーン。マチェックと女給クリスチナとの美しいベッドシーン。夜を徹した祝賀パーティが朝を迎え、ショパンのポロネーズにあわせて踊る人びとに朝日が差し込むシーン。そして、洗濯物干し場からゴミ捨て場まで、撃たれたマチェックの断末魔の苦しみを描くラストシーン。どの場面をとっても、光と影が効果的に使われていて、観ている僕としては、「これこそ映画だ！」と言いたくなるほど素晴らしい作品だった。

これだけ、一つの映画に惚れ込んでしまうと、映画そのものを手元に置きたくなる。しかし、家庭用のビデオデッキやＤＶＤプレーヤーなどは、夢ですらなかった時代には、何か別の方法を考えなくてはならない。

そこで考えたのが、映画をカメラで撮る、自分の気に入ったシーンや俳優の表情を写真で撮っていくという方法だった。その頃、フィルムも写真のプリント代も安くはなかった。だから、映画館で映画を観ながらシャッターチャンスを狙って、無駄なく撮るように心掛けた。うっかりいい場面を逃してしまい、次の回まで待って撮ったこともある。

僕の悩みは画面の暗さだった。試写会やロードショーでは、スクリーンも映写機もいいものが使われているので問題はないのだが、「灰とダイヤモンド」の場合、場末の名画座でしか観られないので、現像料の高い増感現像にしても、あがりは芳しくなかった。

こういう方法で名場面を蒐集している人が他にもいることを知り、写真を見せてもらった。本格的に一眼レフで撮っている人の場合、さすがに画面が明るく、綺麗に撮れていた。僕はマミヤフレックスのハーフサイズだったから敵いっこない。ただ、問題はシ

灰とダイヤモンド
CREDITS
CAST
Maciek
Krystyna

ャッター音が大きいこと。しばしば周囲の観客に叱られるという。

さて、撮ってきた写真はベタ焼きにし、スクリーンの部分だけ切り抜いて、映画の流れにそって台紙に貼る。日頃から気に入った風合いの紙を取っておいて、それを貼り合わせて台紙とした。写真を貼り終わると、題名やクレジットタイトルなどを、製図用の烏口を使ってレタリングする。最後に、チブルスキーを気取ってポーズをとった僕の写真を奥付に貼り、その下に「produced by MATSUDA PRODUCTION」と記した。

こうして完成した僕だけのパンフレットは、限りなく大事な宝物になった。スクリーン上の鮮明な映像と比べると、みすぼらしい画質ではあったが、自分で撮ったものだということが、たまらなく嬉しかった。

今から思い返してみると、当時、ビデオやＤＶＤがなくてよかったと思う。なかったからこそ、大好きな「灰とダイヤモンド」をこれだけの手間と時間をかけて、自分のものにできたのだから。

そして、この時の作業は、まさに編集の仕事に近いものだった。社会に出て、編集者として永年にわたって、楽しく仕事を続けてこられた原点が、ここにある。そういう意味でも、「灰とダイヤモンド」という映画には心の底から感謝している。


（「星座」二〇〇九年）

なんで編集者になったのか？

僕は「オタク」だった。ある世界をひたすら掘り進んでいけば、アナザーワールドに辿りつけるのではないか、と夢想していた。

牛乳瓶の紙蓋や切手の収集から始まって、一人トントン紙相撲の番付作りをし、一人野球ゲームのスコア計算に励んだ。「ハヤカワ・ポケット・ミステリ」の完全読破を目論み、年間四〇〇本近い映画を観て、古い映画パンフレットや貸本漫画本を漁り歩いた。

ところが、そういう僕も、自分に与えられている「お金」「時間」「空間」の範囲内では、どんな細やかな「世界」すら、この手にすることはできないということに気づきだした。

その頃、ある弾みで入りこんだ「編集」の仕事が僕の嗜好を変えた。好きなもの、必要なものを選び出し、編み上げていくことで、コンパクトに「世界」を手にするという楽しみに目覚めたのだ。

今の時代、僕たちのまわりには大量のモノや情報があふれている。こういう時代に生きていくためには、多かれ少なかれ「編集」の技が必須となる。この技の楽しみを我がものにした時、「オタク」的世界からのテイクオフが始まるだろう。

（未発表）

第一章　アンソロジーは花盛り

ボンテンペルリに逢ったかい

「ボンテンペルリって、ええよー」

孤高の剣の達人めいた風貌の森毅《つよし》が、こう口走った時、山の上ホテルの一室に居合わせた面々は、まるで鳩が豆鉄砲をくらったような表情になった。

（その場には、「自分たちが読んで、面白かった作品だけの文学全集を作ってみようよ」という安野《あんの》光雅《みつまさ》の呼びかけに応えて、井上ひさし、池内紀《おさむ》、それに森と僕たち編集者が顔を揃えていた）。

〈ボンテンペルリ〉とは、いったい何ぞや？

僕の頭の中に、夢野凡天と凡天太郎というまったく作風の異なる漫画家が現われ、天丼をペロリとたいらげて去った。続いて、「梵天」という抹香臭い文字と、黒船に乗っているペルリ総督が重なってあらわれ、？マークが行列をはじめた。

この会合では、各氏が、それまでの読書遍歴の中から、とっておきの作品、懐しい作品、珍らしい作品を次々と披露してくれた。それらの作品や作家名は、僕のような貧しい読書歴の人間でも、名前ぐらいは小耳に挟んだことがあるものが多かった。

ところが「ボンテンペルリ」ときたら、作家名なのか、作品名なのかも、皆目見当がつかない。

目を白黒させながら、安野が言った。

「そ、それ名前……」

言い終るよりも一瞬早く、森は、微笑みを浮かべながら、もう一言つけ加えた。

「ピチグリッリもよかったなぁ」

僕の頭の中では、夢野凡天とペルリ総督の合体ロボが破壊の限りを尽し、その廃墟の上をマコトちゃんが「ビチグソ！　ビチグソ！」と連呼しながら走り廻っていた。

「ボンテンペルリ」の衝撃から、やっと立ち直りかけた一同も、この〈ピチグリッリ〉の追撃に、再び宙吊りの状態になり、しばし呆然と森の顔を見つめていた。

一拍おいて、池内が気をとり直して訊いた。

「ボンテン何とか、ピチ何とかというのは作家の名前ですか？」

森は、少しも慌てず、悠然と答えた。

「うん、そうよ。ボンテンペルリやったら、『太陽の中の女』いうのがおもろかったよ。ある男が飛行機で飛んでると、むこうからも飛行機がくるのね。ぶつかりそうになったら『アラ、ごめんなさい』言うて、相手が若い女やいうことがわかってね、『散歩しましょう』と雲の上をしばらく飛んでいるのよ。『そろそろ帰る時間』と女が言うんで『今度は地上で逢いましょう』言うたら、『駄目、親がうるさいの』とか言われてね。それで終りなんやけどな」

よく聞いてみると、この二つの奇怪な名詞はイタリアの作家の名前だという。森が戦後の学生時代、闇市の古本屋で買っては読み漁った作品の中にあったそうだ。

森は、みんながいろんな作家や作品名を挙げるのを聞いているうちに、連想ゲーム風に、突然、思い出したという。

「僕かて、文学少年してたことあるんよ」

森は、悪戯《いたずら》っ子のような笑いを浮かべた。


次の会合の時、森はボンテンペルリの「太陽の中の女」、ピチグリッリの「幸福の塩化物」が収録されている『世界短篇傑作全集・五巻』（河出書房・昭和一一年刊）を持ってきてくれた。この二作は、森の前宣伝通り、不思議なおかしさを醸しだす作品だった。

それからの僕には、いろんな人に「ボンテンペルリって知ってる?」と聞く娯しみがふえた。その瞬間の相手の戸惑った表情は見物だった。まずこの作家を知っている人にはお目にかからなかった。そこで、僕はたった一作だけを読んだ印象と森の話をつきまぜて、あたかも本邦におけるボンテンペルリ研究の権威みたいな顔で一席ぶって歩いた。

ところが、僕の娯しみを、事もなげに奪うニクイ奴がいた。

〝帝都の怪人〟荒俣宏である。

「ボンテンペルリか、『我が夢の女』なら持ってるけど……」

こう言い放った彼が貸してくれた、昭和一六年、河出書房発行の短編集は、その作家名の、言うに言われぬおかしさに負けず劣らず、奇妙奇天烈で、思いがけない話に充ち満ちていた。

この作家の、明るく渇いたナンセンス感覚に魅了されたものの、僕の中では、さらに違う刺戟を求める気持ちがムクムクと湧き出してきた。このてのナンセンス文学というのは、一つの刺戟や陶酔に出会うと、次々と強烈な刺戟が欲しくなるものだからだ。

僕は、本屋や古書店を駆けめぐって、アンソロジー、短編集の類いを買い集めては、片っ端から読み出した。

ポー、ビアス、サキなども面白かったが、どこか湿った感覚が、ボンテンペルリを読んだ後にはやや物足りなかった。

カミ、エーメ、アルフォンス・アレー、アポリネール、ロアルド・ダール、ジョン・コリアーなどは、その渇きっぷり、妙な明るさには魅かれた。ただし、これらの作家が、ある程度本を読んでいる人には、知られているのが不満だった。

そういった作家の中では、荒俣が「我が夢の女」と一緒に貸してくれた、イギリスの作家T・F・ポイスの短編集がとても面白かった。自殺した男の綱とバケツの対話とか、海草と郭公時計の結婚とか、あっけらかんとおかしな世界が展《ひろ》がっていた。

ポイスに不満があるとしたら、ボンテンペルリに対して名前が地味だという点だ。未読の相手に対して「……読んだことある？」と聞く時の、先制のパンチとしては名前の派手さが是非ほしいのだ。ボンテンペルリという強烈な刺戟を味わってしまった僕は、さらに強烈な刺戟を欲する身体になってしまっていたのだ。

誰か、ダイコクヘッセとかボーデンペロリとかいった、ただごとでない名前をもち、桁外れのナンセンスな作品を書いている作家を教えてくれないだろうか。

（「本の雑誌」一九八八年二月）

〈付記〉

マッシモ・ボンテンペルリ　Massimo Bontempelli　一八七八～一九六〇　イタリアのコモに生まれる。大学で文学と哲学を学んだのち、教師、ついでジャーナリスト。新古典派の詩人としてデビュー。第一次大戦後マリネッティの未来派運動に参加。ローマに住んで風変わりなユーモア作家として人気を博した。文芸誌「二十世紀」を創刊し、伝統を打破した新しいイタリア文学を提唱、自分でも悲劇や喜劇、神秘小説など、あらゆるジャンルの作品に手を染めた。のちにファシズムに関与、晩年は不遇のうちに死去。

ボンテンペルリの作品は、『わが夢の女』（ちくま文庫、短篇集）が出版されている。また、『ちくま文学の森』の第四巻「おかしい話」に、ボンテンペルリ「太陽の中の女」、T・F・ポイス「海草と郭公時計」、ピチグリッリ「幸福の塩化物」が収録されている。

アンソロジーとは何か

皆さんは「アンソロジー」をご存じだろうか？　辞書を引くと「国別、流派別、主題別など、一定の基準で選ばれた詩歌集・文芸作品集」「いろいろな詩人・作家の詩や文を、ある基準で選び集めた本。また、同一詩人・作家の選集。詞華集」と出てくる。

始まりは詩歌集だった

そう。詩歌集や詞華集とあるように、もともとは詩歌を集めたものから始まっているようなのだ。日本で言えば、『万葉集』がそうだ。そして、『古今和歌集』も『百人一首』もアンソロジーの一つだろう。

最近は少なくなったが、文学全集、教養全集、一人の作家の選集・短編集・エッセイ集のようなタイプのアンソロジーが多くの読者を獲得した時代もあった。

その後、あるテーマに沿って、いろんな書き手の小説やエッセイを集めたものが、多様なジャンルで編まれるようになった。

テーマ別アンソロジーといえば、一九六〇年代末に出た『現代文学の発見』全一七巻

（學藝書林・六七〜六九年）が強烈に印象に残っている。このシリーズは、尾崎翠《みどり》の発見、夢野久作など「新青年」の作家たちの再評価、第一次戦後派への注目など画期的なもので、その後に、大きな影響力を発揮した。さらに、八〇年代末の『ちくま文学の森』全一六巻（筑摩書房・八八〜九〇年）は空前の大ヒットとなった。これに刺戟されて、各社からいろんなテーマ別アンソロジーが出された。

その後も、さまざまなアンソロジーの試みがあった。もともとアンソロジー刊行が盛んだったホラー、ミステリーのジャンルでは、多彩な編者による個性的な本が次々に刊行されている。そして、二〇〇〇年前後に盛んになった、恋愛小説のアンソロジーは、どういうわけか、書き下ろしが多かったようだ。

さらに一〇年頃から、文庫を中心に、多種多様なアンソロジー出版が花開いている。岩波文庫の『日本近代短篇小説選』、講談社文芸文庫の『戦後短篇小説再発見』『現代小説クロニクル』、新潮文庫の『日本文学１００年の名作』（一四年〜一五年）。また、『ちくま文学の森』の入門編をめざした『中学生までに読んでおきたい日本文学』（あすなろ書房・一〇〜一一年）に始まるシリーズも、着実に売れている。

『ちくま文学の森』、『日本文学１００年の名作』、『中学生までに読んでおきたい日本文学』などの企画・編集に携わってきた僕は、気がつくと「アンソロジスト＝アンソロジー編集者」と呼ばれるようになっていた。

ベスト盤と会席料理

アンソロジーは、本の世界だけの話ではない。音楽CDの世界でも似たようなものがある。

「コンピレーション・アルバム」だ。これは、一人（一組）のアーティスト（歌手や演奏者、作曲家）、または複数のアーティストの楽曲を一定の方針に従って編集（コンパイル）したアルバムのこと。一人（一組）のアーティストのみのコンピレーションはベストアルバムと呼ばれることが多いようだ。また、特定のアーティストや作品に敬意を表す目的で複数のアーティストが参加して制作するトリビュートアルバムもその一種である。

音楽業界の人の話だと、日本ほどコンピレーション、とりわけベストアルバムが好きな国はないという。あるアーティストのファンは折々のニューアルバムをすべて買った上にベストも購入する。それなりに好きな人は、ベストアルバムだけを買う。こうして、人気アーティストのベストアルバムはミリオンセラーになるのだ。

こうしたアンソロジー好き、コンピレーション好きという傾向は、日本文化に根ざしたもののような気がしている。食文化にたとえれば、会席料理や幕の内弁当の考え方と通底しているのだ。ちょっとずついろんなものを味わいたいという欲求から始まり、それらをコンパクトに収めようとするところまで、似通っているではないか。

本の世界に戻る。アンソロジーは作ろうと思えば、いくらでも作ることはできる。しかし、ベストアルバムが好きで会席料理をこよなく愛する日本の読者の目は肥えていて、安易に作ったアンソロジーは見向きもされない。

そういう読者に向き合っていくアンソロジストや編集者は、並大抵ではない努力が求められる。こうして、質のいい、レベルの高い、読みでのあるアンソロジーが作られるのだ。

ところで、以前、書店さんから、アンソロジーが売れると、そこに収録された作家や作品への関心も高まると聞いたことがある。だから、アンソロジーは需要喚起型の商品なのだという。最近の文芸周辺商品の売れ方を見ていると、ライトノベルや文庫書き下ろし時代小説などに象徴されるように、固有の作家やシリーズを買い続ける、蛸壺型読者が増えているようなのだ。それに比べて、アンソロジーの読者は未知の作家や作品への好奇心を持っている、これから伸び広がっていく可能性を秘めた読者なのかもしれない。

（東京新聞・中日新聞二〇一五年・「アンソロジーは花盛り」2〜3）

『ちくま文学の森』にはじまる

僕が手がけたアンソロジーの中で、自分にとっても、会社にとっても、ちょっと大袈裟に言えば、出版界にとっても、いろんな意味でエポックメーキングだったシリーズがある。それは『ちくま文学の森』だ。

一九八八年二月から八九年四月までに全一六巻を刊行して、累計一〇八万部に達する大ヒットになったシリーズだ。その企画誕生から、編集のプロセス、その後の展開などについて、書いていこうと思う。

「安野先生」との出会いと再会

出版企画は、突然生まれ出てくるものではない。一人の編集者にとっては、まず、それまでのキャリア、所属している会社の過去の実績と現状、その時の出版界の動向などの情報が揃っていることが必要だ。情報カードを想像上の卓に広げて眺めていると、自分が作りたい本の姿が具体的なイメージを伴って、立ち上がってくる。

編集とは書いて字のとおり「集めて編む」ものだが、それは集めたものをただ並べるものではない。集まったもの同士が思いがけない化学反応を起こすような組み合わせを実現したいのだ。

『ちくま文学の森』が生まれるためには三つの出来事がきわめて重要な役割を果たした。その第一は僕と安野《あんの》光雅《みつまさ》との出会いと再会、第二は「ちくま文庫」の創刊、そして第三は『東京百話』の刊行だ。

まず第一。安野と僕が出会ったのは、一九五八年の春、東京都武蔵野市立第四小学校でのことだった。安野は図工の先生で、生徒には絶大な人気があった。担当していた図画工作の授業も楽しいのだが、それよりも、脱線して語り出すお話が、落語を聞いているように面白かったからだ。

小学校を卒業してから十数年が過ぎた七〇年代後半、編集者になった僕は、「アンノ」という絵本作家の人気が高まっていることを知った。本屋さんでも、独自のコーナーが作られている。その作品は、端正な筆遣いと品のいい色調、なによりも遊び心が満載だった。名前が気になって、プロフィールのページを開いてみると、そこには作者近影として「安野先生」の笑顔があった。

人気絵本作家が安野先生だとわかった僕は、早速、手紙を書き、その時手がけていた単行本の装丁依頼も付け加えた。装丁の仕事は断られてしまったが、お目にかかることはでき、久しぶりに安野亭の落語を堪能することができた。

文庫創刊と「東京百話」刊行

『ちくま文学の森』が生まれるために重要な役割を果たした第二の出来事は「ちくま文庫」創刊である。

僕が提案した「ちくま文庫」創刊にあたり、基本的なデザイン・フォーマットを、安野に頼めないかと考えた。一九八五年初夏、あらためてお願いに行くと、今度は二つ返事で引き受けてくれた。これをきっかけに、安野と会う機会が増えていった。

そしていよいよ第三の出来事、『東京百話』が刊行される。八六年一一月の終わり、僕は種村季弘《たねむらすえひろ》編集『東京百話　天の巻』（ちくま文庫）の見本を安野に届けに出かけた。このシリーズのカバーに彼の絵（画文集『黄金街道』から）を使わせてもらっていたからだ。

僕は、この仕事を通じてアンソロジー編集の楽しさをじっくり味わうことができた。博覧強記の種村が選ぶ文章はさすがに面白く、タイトルの「百話」にふさわしく怪しげなお話も満載で、未知の作者に出会える喜びもあった。また、僕が気に入った文章を提案すると、それが採用されることもあり、その時のうれしさは格別だった。

安野に見本を届けがてら、アンソロジーの楽しさについて話した。それに、「文学全集」も終わりになったこと、文庫でも古典的作品が次々と姿を消していることなども話した。

筑摩書房では、七五年から刊行した『筑摩現代文学大系』（全九七巻）以後、新しい文学全集は企画されていなかった。また、小学館はその頃、『昭和文学全集』の刊行を始めていたが、巻数を三六と絞り込んだのに苦戦が伝えられていた。このように、筑摩書房でも業界全体でも、「文学全集は終わった」という気分が濃厚になっていたのだ。するとと安野は「筑摩の文学全集を通じて、僕たちが受けとってきた文化・文学の伝承が途切れてしまう。これは大変だ」と真剣に語り出した。

臍曲がりな僕も、「文学を読む人が急に消えたはずはない。新しい時代の文学全集を作れば」と考え始めていた。

僕は、その頃、種村から聞いた、こういう言葉を大事にしていた。

「今の時代、今の社会では、一つのものが話題になると、みんなそっちに殺到する。その時、みんなが振り向かなくなった過疎の田圃にいって掘ってみると、楽々と宝を手に入れることができる」。

これぞ、臍曲がりの極意、編集の奥義だと感服し、この言葉を座右の銘として考えてきた。

だから安野と話をしている時も、「終わりはチャンスだ」と考えていて、「今こそ、新しい文学全集を作ってみたい」という気持ちも高まっていった。

でも、どうすれば、そういうことができるのか、具体的な手がかりはなに一つない。すると安野は「今読んで面白いものだけでもすすめたら」と呟いたのだ。

「面白い」を基準にして

その瞬間、目の前の霞がいっぺんに晴れた。全一〇〇巻という、従来の文学全集の規模で始めなくてもいい。それよりも、「僕たちが楽しんで作ればいいんだ」ということに気がついて嬉しくなった。

そこで、僕は、頭に浮かんでくる思いつきを、その場で安野に話してみた。

それまでの文学全集は、文学史をベースにして体系的に編まれていた。それはそれで意味のあることだったが、今読むとちっとも面白くない作品が、文学史上では重要な作品として収録されていることも少なくない。

昔ながらの文学全集が終わったのだったら、それらにつき纏っていたさまざまなルールを一切はずそうと思った。そして、安野の言った「今読んで面白い」という一点だけを基準にしていこうと考えた。

安野とかわした話によって、企画イメージがより一層くっきりとしていった。日本文学、世界文学の隔てなく、小説（純文学も大衆文学もなく）、戯曲、随筆、評論、詩歌はもちろん、落語、漫才、浪曲、香具師の口上といった口承文芸まで、文学という概念を最大限に広くとろうということになった。

また、もう一つ、「物故作家だけに限る」と決めた。かつての文学全集では、作家間、出版社間の調整が大変だったという。こうした駆け引きに左右されるよりも、自由で楽しい編集をしたいと考えたのだ。また、現役作家の作品は比較的入手しやすく、物故作家の作品は手に入りづらいということも考慮に入れた。

魅力的な編者たち

安野は、新しい文学全集を編集するメンバーとして、井上ひさし、池内紀《おさむ》の名前をあげた。

まず井上ひさし。僕は、高校三年の時に見たＴＶ人形劇「ひょっこりひょうたん島」が大好きだった。キャラクターが魅力的、セリフには風刺と遊びが満載、テンポのいいドラマ展開が快適だった。

筑摩書房に入り、原稿の依頼をしながら、「ひょうたん島の本を作りたい」とお願いした。その結果、僕が新雑誌「終末から」のスタッフになると、「東北の小さな村が、ある日突然、独立を宣言する話」を書き始めてくれた。そう、ここから「吉里吉里人《きりきりじん》」が始まったのだ。

「終末から」は九号で休刊、「吉里吉里人」は「小説新潮」に移り、新潮社から刊行された。そんなこともあって、しばらくの間、井上とは疎遠になっていた。だから僕は、再び仕事ができることが嬉しくてたまらなかった。

でも、野坂昭如、五木寛之と並んで文壇三遅筆の一人である井上は、いつも原稿に追われているので、数回に一回ぐらいしか会議に出席できない。それでも、出席する時には手土産に湘南のアジ寿司を持参するなど気遣いも忘れない人だった。

池内紀は気鋭のドイツ文学者。エッセイや評論も面白く、キレのいい翻訳にも定評があった。種村も「すごくいい文章を書く人だ」と手放しで絶賛していた。そこで、知とアートのコンパクトな双書「水星文庫」創刊に際して、池内には『闇にひとつ炬火《きよか》あり──ことばの狩人カール・クラウス』を書き下ろしてもらった。

新しい文学全集の編者に「もう一人」と僕が言うと、「森毅《つよし》さん」と、安野から意外な名前があがったのだ。最初は「文学全集の編者に数学者？」とビックリした。でも、安野の炯眼は見事だった。なぜなら、森の知識の豊かさには、いつも驚かされたからだ。SFには造詣が深く、歌舞伎、三味線、宝塚歌劇など伝統芸能や芝居の知識も唯事ではない。とにかく、専門の数学をはじめ科学思想、教育論、現代思想からお笑いまで、硬軟とり混ぜて、あらゆるものと軽やかに戯れることができる人だった。

こうして、絵本作家、数学者、作家、ドイツ文学者という編者が揃い、親しみやすい雰囲気を醸し出すことができた。

ワクワク感が伝わる企画書

まず、安野、池内とで集まり、企画の概要を固めていった。また、僕の上司である柏原成光や臼井吉見の担当編集者で児童書の経験も長い中川美智子も加わり、四編者と筑摩の三編集者による編集会議が定期的に開かれた。

一九八七年二月、第一回の編集会議が終わった直後、四〇歳の僕は企画書を一気に書き上げた。以下、気負っている感じがあって、新しい仕事の展開を予感したワクワク感が伝わってくる企画書だ。

【ちくま文学館（仮）】

・まったく新しいタイプの文学全集を作ってみたい。

・名作主義や既成の評価にとらわれず、とにかく面白いもの、ワクワクするもの、ドキドキするもの、そして言葉の業として優れたもののみを精選していきたい。

・小説だけでなく、エッセイ・紀行・詩・評論から落語・浪曲まで、言葉で表現された、あらゆるジャンルから選んでいきたい。

・「ジュニア向き」とか「少年少女版」とかは銘打たないが、中学生あたりから読めるものを、というのを一つの基準にする。

・今、途切れかかっている文学の遺産相続（伝承）を、きちんとしていくことを目指したい。次の世代に教育的・啓蒙的ではなく伝えていきたい。その場合のキャッチフレーズは「面白いからタメになる」。

・原則として、良質の短編を選りすぐって収め、それに、大長編の気の利いた抄録も加える。

・収録する作家・作品はある程度評価が定まっているものにする。すでに死んでいる作家を中心にする。

【各巻のタイトル】

・作家別、時代別、国別のような巻立てにはしない。

・「存在の探求」といったテーマや「恋」「性」「変身」といった名詞を並べるのではなく、「ちょっといい話」といった感じの魅力的なタイトルをつける。

・「とっておきの話」といった横割り的なものと「美しい恋の物語」といった縦割り的なものとを組み合わせていく。

シリーズ名は、仮に『ちくま文学館』としておいた。何回目かの編集会議では、「文学の泉」「文学の海」などいろんな案が出たが、その中で「文学の森」が好評だった。

「木がたくさんあるというのは本がたくさんあるようでいい」（安野）

「森って迷うところがいい」（森）

こうして、『ちくま文学の森』というシリーズ名も決定したのだった。

編集会議というより放談会

安野を中心に、森、井上、池内の四人は、毎月一回、山の上ホテルなどに集まって編集会議を開いた。井上は、このメンバーについて、編者四人の座談会「面白くなくちゃしょうがない」（「ちくま」一九八八年二月号）でこう語っている。

「落ち着いていて、楽しくて、あんまりひけらかさないで、しかし聞いてみるとよく知っているという。何か、ふしぎと頼りになるおじさんたちという感じがしましたね」。『ちくま文学の森』の編集会議は、空前絶後の面白さに充ち満ちていた。会議というよりは、漫談会、放談会と呼ぶ方がふさわしいものだった。この会議の愉快な雰囲気を、池内が「アンソロジーを編む楽しさ」というエッセイで見事に描写している。

「少し遅れて山の上ホテルに駆けつけると、会議室の並ぶ二階の廊下に、やわらかな明りがともっている。『歯科医師会理事会』『経営者セミナー打ち合わせ』、ことさら表示板をたしかめるまでもない。粛然とした廊下のかなたから、ドアごしに爆笑が漏れてくる。そこへ向かって走ればいい」(「日本古書通信」九三年二月号)。

安野が、若い日の読書の経験を面白おかしく話すかと思うと、森が歌舞伎から原爆開発にかかわった物理学者の秘話へと自在に話柄をつなげる。井上は、言葉遊びに終始するかと思えば、一転、真っ向勝負の小説論を展開。話があちこちに転げ回り収拾がつかなくなると、池内が目次立てと関連づけた一言を発する。

僕たち編集者は、そこで紹介された作品にあたり、その感想を次回に話す。短編だと思っていたら長編だったり、作品名を間違って覚えていたりということもあったが、沢山面白い作品を読むことができるという、とびきり贅沢な気分を味わうことができた。

図書館や古書店などをまわり、目につく短編作品を片っ端から読んでいった。作家の個人全集の場合、まず長編が並び、その後に短編が並んでいる。その短編の巻だけを読んでいると、長編を邪魔者扱いしているようで変な気分になった。また、僕たちが読んで、「これは」と思うものに出会うと、それを編集会議に提案する。こういう作品が取り上げられるのも楽しみの一つだった。

面白話を続けていると、笑いと共に、どんどん目次ができていった。

巻立てとグルーピング

『ちくま文学の森』は当初、全一五巻で、巻立てはこうなった。

①美しい恋の物語
②心洗われる話
③幼かりし日々
④変身ものがたり
⑤おかしい話
⑥思いがけない話
⑦恐ろしい話
⑧悪いやつの物語
⑨怠けものの話
⑩賭けと人生

⑪機械のある世界
⑫動物たちの物語
⑬旅ゆけば物語
⑭ことばの探偵
⑮とっておきの話

タイトル案は他にもいろいろあった。最後まで残っていた「何度読んでも面白い話」「ロジックのたのしみ」は、それぞれ「とっておき」「ことば」に吸収された。また、「あれかこれかの物語」は「賭けと人生」に変わった。

基礎作業が進み、どんどん作品がリストアップされ、それらの作品は、ふさわしい巻に集められる。「これは『美しい恋』、これは『こわい話』」という風に。

その時、複数の巻に入りそうだと思われる作品があると、とりあえず両方に入れておく。例えば、宮沢賢治の「風の又三郎」なら、まず「幼かりし」に入れ、「心洗われる」にも入れる。菊池寛の「藤十郎の恋」なら、まず「美しい恋」、そして「思いがけない」「賭け」「悪いやつ」に。宮本常一の「土佐源氏」なら、まず「美しい恋」だが「心洗われる」にも入れる。

最終的な目次では、前二作品は最初に入れた巻で決まり。「土佐源氏」だけは、あえて「心洗われる」に入れることになった。

とりあえず、集まってきた作品をそのまま並べたリストをつくり、同じ作家の作品が複数あれば一つにする。似たような話があればどちらかを削る。さらに作品を追加していく。

各巻の候補作が、一冊分以上集まってくると、それを小グループに分けていく。この時、一見バラバラな印象の作品群の中に共通項を見出し、組み合わせを考える。それぞれ面白かった作品が、並びによってさらに輝いてくるから不思議である。

こうして集まった作品を並べていくと、弱いものは自然に落ちていった。この編集会議の楽しいところは、編者の皆さんが、自分たちが面白いと思う作品を、惜しげもなく教えてくれることだった。その上、目次案のようなかたちで他の作品と並んで見ることができるので、「この作品は弱いね」と自発的に取り下げることも多かった。

作品のグルーピングというのは、やってみるとなかなか面白い。並べ方、組み合わせ方によって、一つ一つ面白い作品が、周辺の作品たちに共鳴し共振して、さらに味わい深くなっていくのだから。これは不思議だった。

A、B、Cという作品があるとすると、A—B—C、A—C—B、B—A—C、B—C—A、C—A—B、C—B—A、といろいろな組み合わせ方がある。いろいろ並べ替えてみると、それぞれの話の性格がよく見えてきた。同じ恋の話でも、ほのぼのするもの、しんみりするもの、切なくなるもの、心が氷りつきそうになるもの、などがある。

そして、登場人物の個性や場面や状況、時代背景や風土、著者の語り口、物語の展開の仕方など、共鳴する要素を探していって、その中のベストの組み合わせを見つける。まさに、アンソロジーの醍醐味がここにはある。

このグルーピングの段階になると、池内の手腕が発揮された。彼は、そのコツの一端をこう説明してくれた。

「句集作りのベテランにいわせると、名句ばかりを並べてもいい句集はできない。あいまにちょっと、ごく変哲もないのを入れておく、これが秘訣だそうだが、名うての名品そろいを前にして、ときに応じて駄句の役割をおびさせてみよう。なにしろもとがいいのだから、どうまちがっても悪くなる気づかいはない」(「アンソロジーを編む楽しさ」「日本古書通信」一九九三年二月号所収)。

こうして全巻の目次が確定していった。収録した作家や作品を眺めていると、編者の好みが自然に出てくるようだ。沢山選ばれている作家名をあげてみよう。

日本の作家では菊池寛が六作品でトップ、これを幸田露伴、谷崎潤一郎、坂口安吾が五作品、太宰治、夢野久作、宮沢賢治が四作品で追っている。海外の作家では、モーパッサンが七作品で全体のトップ。その他、アポリネール、ボンテンペルリが五作品、チエーホフ、ヘミングウェイ、マーク・トウェインが四作品で並んでいる。

大きな字と楽しい解説

具体的にどういう本作りにするかという段階になると、安野がきめ細かい指示を出してくれた。僕たち編集者は、それまでの慣習にとらわれがちだが、安野は編者、編集者ではなく、読者代表といった立場で考えてくれた。それがとても新鮮だった。

まず、本文の文字は14級（10ポイント）に決めた。単行本は13級（9ポイント）が普通だったが、昔の文学全集は12級（8ポイント）で組み、なるべくたくさんの作品を収録しようとしていた。

安野は、この考え方には反対だった。「若い人たちに読んでもらいたい」から、読みやすさを重視したのだ。予想外だったのは、本文の字を大きくしたことで、中年以後の老眼世代がよろこんだことだった。

中学生以上の読者に読んでもらいたいということで、小学校で習う教育漢字以外にはルビをつけた。また、当て字や難読字、そして代名詞、副詞、連体詞などの一部で、通常平仮名で表記するものは、漢字を開くようにした。教科書のように文部省（当時）が決めたままというのはいやなので、僕たち独自の基準作りを目指した。

それから、難しい言葉には、その場で意味がわかるように小口注（開いた本のページの左端に注を入れる）をつけた。著者紹介もあまり専門的なものだと、作品鑑賞の邪魔になる。そこで、池内紀が各作家の履歴と特質を見事な文章で簡潔にまとめてくれた。

解説は、その巻の作品紹介ではなく、もう一つの作品を加えることにし、編者の方々が趣向を凝らして書いてくれた。

例えば、第一回配本の「美しい恋の物語」には、安野が、若い頃にパリのホテルでのちょっとした出来事から、秘められた恋を感じとるという「ホテル・ヴェリエール」というエッセイを寄せてくれた。同じく第一回配本の「変身ものがたり」には、池内が、「鞍馬天狗と丹下左膳」と題して、子ども時代の遊びのエピソードから変身というものを捉える評論を書いてくれた。

井上ひさしによる「ことばの探偵」の解説は、思いがけないものだった。彼は、いつも原稿が遅く、その弁解をＦＡＸで送ってくる。そして、なぜ原稿が書けないかという言い訳が、いつの間にか言語論に変容していくという離れ業を見せてくれたのだ。そして、文末にこういう注記があった。

「井上ひさし氏からはついに解説文が届きませんでした。そこで右の詫び状をその代用品として掲げます。　編集部」

読者目線で装丁を考える

造本については、上製（ハードカバー）では堅苦しいし、並製（ペーパーバック）では並べた時に風格がない。安野と相談して、その頃はほとんど使われていなかった「地券表紙」を使うことにした。これは、上製と基本的には同じなので、風格はある。表紙にはボール紙の代わりに薄い地券紙を入れて、しなやかにするので読みやすい。

この造本は、読者には大変好評だった。ところが、困った問題も生じた。表紙貼りしたものが反りやすいので、製本の最後の工程では、人の手で一冊ずつ差し入れなければならない。だから、完全に機械で製本できるものとはスピードが違ってくる。

『文学の森』は予想以上の売れ行きで、大部数の重版が続いた。遅れが心配だったが、製本所はフル稼働で間に合わせてくれた。

装丁はもちろん安野光雅。その斬新さは、前例のないものだった。カバー表面にある文字は小さな「美しい恋の物語」という巻タイトルだけ。シリーズ名、巻数、編者名、出版社名など何も入っていない。他社の編集者からは、「よく営業が『ダメ』って言いませんでしたね」と尋ねられた。装丁原稿をもらった時、見事にきまっているので、僕は、何の疑問も感じなかった。営業の人たちも同じ気持ちだったのだろう。

カバー表面には、安野の美しい絵が飾られている。これは四色分解なのだが、背の部分の色は毎巻、別々の「特色」で刷った。全巻を並べた時に、背が色とりどりになるようにと考えられていたのだが、この微妙な色を四色で出そうとすると不安定になりやすい。重版時などに色が変わってしまう可能性もある。だから、このカバーは四色＋一色、五色刷りになっている。

そのかわり、見返しの紙はコストの安いものにした。地券表紙やカバー五色など、通常よりもコストのかかる造本を選んだので、どこかでコストを抑えなければならない。安野は、快くこの方針を受け入

れてくれた。

この斬新なデザインは、いざ売れ出すと、抜群の効果を発揮した。ある書店さんからは、「どんなに売れているシリーズでも、新刊が出ると、前の本は棚に入れる。ところが、『文学の森』は、一冊一冊絵柄が違っていて楽しい。ついつい平台に並べたくなる」と言われた。たしかに、新刊が出るたびに、平台の『文学の森』は増えていった。大型店では、完結まで全巻並べたところもあった。

「売れない」と言われたが……

順調に編集作業は進み、いよいよ刊行の時期が迫ってきた。年明けの一九八八年二月末刊行を目指して、営業活動も始動した。ところが、取次や書店に出かけた営業部員の顔色が冴えない。

書店の「本を売るプロ」と呼ばれる人たちが、こぞって否定的な意見を言ったというのだ。そして、彼らの「文学は売れないよ」「タイトルのつけかたが子どもっぽいね」「もっとひねりがないとね」という声も編集に伝わってきた。彼らからすると、ただでさえ文芸書不振の時に、さまざまな変化球で工夫をこらした本でさえ苦戦しているのに、こんなど真ん中の直球が通るはずないと思ったのだろう。

こういう意見や空気は編者たちにも伝わった。でも、「僕たちがこんなに楽しかったんだから、同じように思ってくれる読者はいるよ」「売れなくても、こんなに楽しい会議をもてたんだから満足」と、皆さんいたって平気だった。特に安野は「もし売れなかったら、女子大の前で僕が泣きバイ（泣かせる口上で売りつけること）でもして売るよ」と言って、皆を笑わせてくれた。

営業部長からは、「今からでも、巻タイトルなどを変えたりできないのか」という要請がきた。何を言われても、微塵も揺るがない編者たちの姿に励まされて、僕は、「何も変えない」ことを文書にして社内に配った。

そこではまず、「子どもっぽい」という批判にこう応えた。この企画は、安野の「文学の伝承を絶やすな」という思いから始まっていること。若い世代に伝えるためにも、「中学生が努力すれば読めるものを基準にした」こと。従って、「子どもっぽさ」は自覚的に取り入れていること。

さらに、各巻のタイトルやまとめ方について述べた。「これまでのさまざまなアンソロジーの組み方を組上に載せた」として、具体的に『現代文学の発見』（學藝書林）、『日本の名随筆』（作品社）、『黒いユーモア選集』（国文社）などをあげて、「そのどれもが《正統》の文学全集がある時代に、そういうものを前提にして、《異端》または《変化球》としてつくられている。今は、その線ではなく、かえってオーソドックスに《直球》的にいった方が、新鮮ではないかとの意見にまとまった」と編集会議の報告をした。

企画書を書く時には、きちんと清書するのだが、この時は、つい気持ちが高ぶってしまい、粗い字で一気に書いた。

このようなことがあり、刊行前、僕たちは落ち着かない毎日を送っていた。

ところが、内容見本と姿見本ができると、様相は変わってきた。例えば、中国地方に出かけた営業マンは、ある書店に着いた時、「『文学の森』八部定期予約が入っています」と言われてビックリした。会社では、暗い予想ばかり聞いていたので、にわかには信じられなかった。実は、この書店にいる八人の若い女性店員さんが、内容見本を見て、こぞって予約したというのだ。

こういう草の根の情報が集まってきて、事前注文が急カーブで伸びていった。最初は冷たい反応だった大手取次も、筑摩書房に直接来て、大部数の確保を要請してくれた。

第一回配本は「美しい恋の物語」「変身ものがたり」の二冊。当初三万部でのスタートのつもりだったが、それを四万部に変更し、さらに二刷一万部まで決まった。

一九八八年二月二九日、最初の二冊が店頭に出ると注文が殺到し、一週間ごとに三刷、四刷、五刷と版を重ねていった。それ以後、毎回の初刷りも伸びていって、七冊目の「賭けと人生」は五万三〇〇〇部。結局、最終回配本も初刷り三万五〇〇〇部でしめくくることができた。

『ちくま文学の森』の手応えは予想をはるかに超えるものだった。これだけ読者の支持があるのだから、増巻してもいいのではないかと、僕は考えた。

これだけ実売部数が見込めるものはそうそうあるものではない。それに、楽しい編集会議で選ばれた作品が一五巻ではとうてい収まりきらないからでもあった。

そこで、増巻案を考えてみた。別巻一巻から第二期一五巻というものまであった。しかし、編者の皆さんの意見は厳しいものだった。

「売れたからといって、調子にのるのはよくない」。「柳の下のドジョウを狙ってはいけない」。「物真似企画はいろいろ出てくるだろうが、自分自身のエピゴーネン（模倣者）になってはいけない」。

結局、読者カードの「あなたのとっておきの話を教えてください」という項目に応えて読者があげてくれた面白い作品がいろいろあったので、それを参考にしながら一巻「もうひとつの話」を増やそうということになった。

最終的には第一巻は一二万六〇〇〇部、全一六巻で累計一〇八万部に達する大ヒットになっていった（文庫化したものを含めての累計）。

ヒットの影響と類似商品

『ちくま文学の森』（以下、当時の略称『文森』にする）がヒットした時、社内外の何人もの編集者から「自分も考えていたんだ」と言われた。僕も、そうだと思う。誰でも考えつくような企画でありながら、そういう本は存在していなかったし、そのことに誰も気がついていなかったのだ。

ベストセラーの多くは、決して、物珍しいものではない。それよりも、一見すると、普通のたたずまいの本なのに、「ありそうだけど、これまでになかった」と多くの読者が受け止めてくれた時、勢いよく売れていくのだ。

だから、『文森』は、直球勝負でいったことが大正解だった。「売れない」という声に対して、僕たちが述べた見解は正しかったのだ。それから、本を作る過程で、関わったみんなが楽しく仕事ができた時には、できあがった本のどこかに、その雰囲気が滲み出て、読者を引き寄せると思う。

ところで、『文森』がヒットすると、似たようなコンセプトやタイトルのアンソロジーが各社から刊行された。そういう本を見ると、僕たちの方が照れたものだった。とりわけ『音楽の森』というシリーズにはあきれた。「森」は一般名詞だから、誰が使ってもいいのだが、いかにも便乗企画というネーミングで恥ずかしくないのだろうか。

一方、類似企画の中にも、「これはやられた」と思われるものもあった。それは『〈光る話〉の花束』(光文社)というシリーズの中にあった、山田詠美編集の『せつない話』(一九八九年七月)というネーミングだ。収録されている作家は、吉行淳之介、瀬戸内晴美、田辺聖子、八木義徳、丸谷才一、山口瞳、村上龍、山田詠美、D・H・ロレンス、A・カミュ、F・サガン、H・ミラー、T・ウィリアムズ、J・ボールドウィンといった渋い面子《メンツ》、さすがだ。この本はよく売れたようで、単品で売り続け、九七年、第二集が刊行されている。

僕が『文森』の刊行に携わることで得たものは沢山ある。とりわけ、稀代の読書家である編者の方々のとっておきの作品を教えてもらい、読むことができたのは幸運だった。

また、食わず嫌いだった太宰治や三島由紀夫などの作家の、面白さを発見できたのも貴重な収穫だった。

臼井吉見と貧者の知恵

安野光雅が筑摩書房のかつての文学全集を大事に読んでくれていたことが、『文森』の出発点になった。同じように大事に思ってくれていたのが『現代教養全集』だ。

これは、文学全集で成功した臼井吉見が次に考えた企画で、「豊かな人生を送るための生きた智慧」「社会と歴史への理解」「過去から未来への展望」が「現代人の教養」になるという編集方針だった。

『文森』の後続企画を考えていた僕は、このシリーズの資料にもあたってみた。その時、臼井の文章を読んで驚いた。これは、まさに『文森』を作ろうとした時の、僕の考えそのものだったからだ。

どちらかというと、僕は「従来の筑摩書房の文学全集とは違ったものを目指そう」としていたというのに。でも、「違ったもの」から出発したものが、この社の正統につながっていたというのは、思いがけず嬉しい発見だった。

臼井は、『現代教養全集』の内容見本にこう書いている。

「あらゆる種類の人の、さまざまの書物もしくは文章のなかから、有名、無名にかかわりなく、この全集の目標に最適と考えられるすぐれたものだけをえらび出して、体系的に編集しているところに、この全集独自の面目がある……」。

おなじ教養系のアンソロジーでも、書き下ろしによる「講座」という形式のものもある。その時代にときめいている書き手の新鮮な文章が読めるのだから、当然のことながら、講座の方が読者の関心を強く惹いていた。それに対して、臼井は「講座形式では、どんなものができあがろうと、執筆の結果にまかせるほかない」と書いている。「すぐれたものだけを選び出して」いるので、こちらの方がいいぞと力説しているのだ。

これには、やや強がりも感じられるが、そもそもアンソロジーには経済力、組織力などで劣る出版社の工夫、いわば「貧者の知恵」という側面があったことはたしかだ。

臼井吉見と言えば、『文森』の後続企画『ちくま哲学の森』の「自然と人生」の巻に、臼井の「幼き日の山やま」を収録した。母校の小学校の校長先生が、毎週、朝礼で「常念（岳）を見ろ！」と語り続けたというものだ。臼井の文章は、『中学生までに読んでおきたい哲学』の「自然のちから」の巻には「自分をつくる 抄」を収録した。アンソロジーの技を残し、伝えてくれた大先輩に、ささやかなご恩返しができたような気持ちでいる。


（東京新聞・中日新聞二〇一五年「アンソロジーは花盛り」16〜29）

『ちくま哲学の森』につづく

大ヒットした『ちくま文学の森』（以下『文森』）の後続企画については、『文森』完結以前から検討していた。だが、大筋の方向性は、議論するまでもなく同じだった。

二番煎じにはしない

それは、第一には『文森』の二番煎じにはしないということ。そして、第二には、文学ジャンルではなく思想教養ジャンルでいこうということだった。

シリーズ名については、『思想の森』とか『教養の森』とか、いろいろあげてみた。でも「思想」や「教養」は、語感が中途半端に古い感じがした。それよりも、あえて「哲学」というもっと古い言葉をもってきた方が新鮮ではないかということになり、『ちくま哲学の森』（以下『哲森』）でいこうと決定した。その頃、いろんなジャンルに分化していった学問に対して、すべての根底にある問題から考えようという「哲学回帰」の動きが始まっていたことも反映していたのかもしれない。

「哲学」でいくのならば、編者にもう一人、鶴見俊輔にも加わってほしいと考えた。編者の皆さんにはかったところ、大賛成。森毅《つよし》は、その頃、鶴見と一緒に朝日新聞の書評委員を務めており、委員会が終わった後、様々な話題で雑談することを楽しみにしていた。鶴見は、難しいことをやさしく語ることが大事だと考えている哲学者であり、そういう考え方は、安野光雅《あんのみつまさ》、森、井上ひさし、池内紀《おさむ》も同じだった。

鶴見は、僕が筑摩書房に入社して初めての仕事、『現代漫画』の編者だった。その後、いろんな本の企画や編集に関して実践的な知恵を授けてくれた。また、一九七八年に筑摩書房が倒産した時には、陰に陽に僕を励まし、支えてくれた人でもあった。

『ちくま哲学の森』の巻立てを考えるために、まず言葉を列記していった。「宇宙」「世界」「国家」「人間」「自然」「生活」「家」「愛」「いのち」「悪」「科学」「神」「美」……。それらを組み合わせ、一三巻ぐらいにまとめた。社内からは『文森』より少ない一〇巻から一二巻でという意見も出ていた。

しかし、編者はもっと厳しい意見だった。特に池内は、「このシリーズは一〇巻になってはいけません」と強く主張した。『文森』の単純な第二期ではないということ、また「哲学」というテーマからしても、そのぐらい絞り込んだ方がいいというのだ。

こうして、全八巻に別巻「定義集」という構成が決まったのである。

シンプルな企画書

僕は、早速企画書を書いた。『文森』と違って、企画イメージがはっきりしているので、シンプルなものになった。

・シリーズ名は「思想」「教養」「人生論」よりも、古さゆえの新鮮さと安定感から「哲学」にした。

・『文森』が〈文学全集〉〈文芸ジャンル〉再生の道を開いたように、『哲学の森』は〈思想・教養全集〉〈人生論〉の再生を探る試みである。

・『文森』が「物語としての面白さ」を唯一の選定基準にしていたように、『哲学の森』は「心の琴線に触れる」を選定基準にしたい。

・『文森』と同じく物故者のみとする。収録作品の上限を五〇～六〇枚ぐらいにする（『文森』は一〇〇枚）。

・『文森』と同じく、読みやすい日本語で、わかりやすく書かれたものだけを収録する（翻訳も）。また、一切の体系主義、網羅主義を排除する。

・巻数、ページ数は『文森』よりシェイプアップする。

①恋の歌
②いのちの書
③悪の哲学
④世界を見る

⑤自然と人生
⑥詩と真実
⑦驚くこころ
⑧生きる技術
別巻・定義集

「笑う哲学者」鶴見俊輔が加わることで、さらに笑いも多くなり、会議が一段とにぎやかになったことは言うまでもない。鶴見は、想像を絶する読書量と記憶力を駆使して、古今東西の書物から、見たことも聞いたこともない、素晴らしい文章の数々を紹介してくれた。

内容見本掲載の編者の言葉は、各人の個性が出ていて面白いものだった。

鶴見の言葉。

「哲学は、自分で考える方法である。自分が今いるところ、自分の好みを見さだめて、これからしばらくの間この見方を持ち続けられるかどうかを自分に問う」。

安野の言葉。

「哲学というものがこの世にあるのはなぜか。いろんなことがらに問題を見つけ、ドウナッテイルノカ、ナゼソウナノカと追究して行くことが『面白い』からに他ならない」。

森の言葉。

「読書のたのしみのひとつは、そこでものを考えることにある。つまりは哲学」。井上ひさしの言葉。

「智恵を愛することは、体力にまさる力だ。哲学の森で智恵浴をたのしみながら、精神力をきたえようではないか」。池内の言葉。

「『哲学』というのはゴロリと横になった状態とそっくりなのです。そのあとに安らかな眠りがくる。……起きあがったとき、頭のシンがひらけた気がする」。

表紙に凝った安野デザイン

安野は造本装丁の面でも『文森』とは違う味を出してくれた。まず、しなやかで風格のある表紙（地券表紙）をやめ、ハードカバーにした。文学と哲学との違いを出したかったのだろう。『文森』は本体価格一五〇〇円だったが、『哲森』は同一七五〇円になった。価格にふさわしい重量感をもたせたかったこともあった。

『文森』の本文組みは一ページ一八行だった。こういうアンソロジーは二度と作れないだろうと考えていたので、なるべく沢山の作品を収録したかった。しかし、ちょっと詰め込みすぎたとの反省もあった。そこで一ページ一七行に減らし、ページ数も『文森』よりも六〇ページ以上薄い四〇〇ページを目標にした。

かつての文学全集や教養全集のように、沢山の作品がつまっていることに価値があるのではないと考えた。精選されたものが、読みやすい組み方で収められている方がいいのだと思ったのだ。

安野の本領が発揮されたのは、表紙とカバーだった。カバーは『文森』のように特色を加えた五色刷りではなく、紙の白地を効果的にいかした四色。もちろん、安野の優しく印象に残る絵が表紙に大きく飾られている。

カバーは、『文森』よりも地味な印象だったので、そのかわりに、『哲森』では表紙に凝ることになった。まず、背にグレーのクロスを使い、表紙と裏表紙には同じ紙を貼り、背継ぎという方法で間をつなぐ。その上に、この表紙の紙の種類を九巻全部変えるというのだ。一つのシリーズで表紙の紙がこんなに変化するのは前代未聞の出来事だろう（たぶん、この後にもないだろう）。カバーをはずしてみなければ気がつかないというところに、安野らしい洒落っけが感じられた。

このシリーズでは、月報にも魅力的なエッセイを掲載した。大岡信、種村季弘、西江雅之、武田百合子、矢川澄子、養老孟司、天野祐吉、奥本大三郎など、錚々たるメンバーだった。

こうして、『ちくま哲学の森』は一九八九年一一月から刊行開始となった。第一回配本は「恋の歌」と「いのちの書」の二冊。初刷り部数はそれぞれ二万五〇〇〇部。『文森』の大部数のあとなので、かなり少ない部数のように感じていたが、哲学の本としては画期的な部数だったのではないだろうか。

いちばん売れた「悪の哲学」

『哲森』の中で一番売れた巻は「悪の哲学」だった。この巻にはマルクス、ニーチェ、マキアヴェリなどと並んで、小説、童話、エッセイも収録されている。特に印象深い四作品をここに紹介する。

「毒もみのすきな署長さん」（宮沢賢治）は童話だ。毒もみをして魚を捕るのは、このお話の国では、いちばんやってはならないこと。ところが、それを警察署長が率先してやっていたのだ。発覚しても、「地獄でも毒もみをやるかな」と笑ってうそぶくのだった。「雨ニモマケズ」の作者が、こんなに悪人を魅力的に描き、「感服しました」で締めているのだから、驚く人も多いだろう。

「悪人礼賛」（中野好夫）は悪人を誉め称え、善意や純情を批判する、世間常識からすると正反対の論を述べたエッセイ。もちろん、世の中には無法な悪というものも存在している。でも、「悪」と呼ばれているものの多くは、中野が言うように基本的なルールに従って動いていることも確かなのだ。また、善意の名の下におこなわれることが、多くの人の迷惑になるのもよくあることだ。

「善人ハム」（色川武大）の主人公は町内の肉屋さん。彼は、戦争の早い時期に立派な勲章を授与された英雄だった。普通の暮らしの中では、目立つところのない彼は、戦地で別人になったかのように残虐な行為をおこなっていた。そして、再び平和な生活に戻った時、戦時の記憶が悪夢となって襲ってくるのだった。本人がくわしく語らないだけに、普通の暮らしの中ではおだやかに生きている善人が、戦争という集団的狂気の世界では、残虐な悪人へと変貌を遂げる怖さを垣間見ることができる作品である。

「山に埋もれたる人生ある事」（柳田国男）。この短い文章は、神隠し、山人、天狗《てんぐ》、山姥《やまんば》など、山に秘められた怪異と人生の意味を掘り起こした『山の人生』という著書の、最初の章として掲載されている。山奥で現実に起こった二つの一家心中の事実だけが綴られている。しかし、「我々が空想で描いて見る世界よりも、隠れた現実の方が遥かに物深い」と言うしかない、異様な迫力をもった文章だ。心中は犯罪であり、悪であることは確かだが、自分たちを殺すための斧を研いでいる子どもたちの前では、すべての言葉がむなしく感じられる。柳田が、事実のみを記し、何も書き加えなかったことがわかるような気がする。

これらの作品は、二〇年後、『中学生までに読んでおきたい日本文学』「悪人の物語」にも収録した。

鶴見俊輔の「定義集」

『哲森』で注目すべきは、別巻「定義集」だ。この巻は、鶴見の提案で始まった。森羅万象を定義するのが哲学だが、一つの現象についての定義は必ずしも一つではない。男と女、大人と子供、それぞれ違ってくる。多様な定義を集めることが、自分の哲学を組み立てる始まりになるというのが、基本の考え方だった。

これは、『哲森』を考えた時、僕たちの頭に漠然とあったものだった。また、辞書に深い関心のある井上ひさしは、「一つの言葉について複数の意味が書いてある辞書が欲しいと思っていた」と大賛成してくれた。

こういう本を発想するのは簡単だが、いざ実務にかかると大変なことになる。ここでも、『共同研究　転向』『思想の科学事典』など、手間のかかる仕事をまとめる役割を何度も経験している鶴見ならではの力が発揮された。

まず、基本的に大事だと思う言葉を、鶴見が選び出し、それをワープロでリストにする。このリストを見ながら、編集会議で加えるべき言葉をあげ、それらの言葉に対する定義が出てくるような本も考える。ここでも、博覧強記の鶴見があげる本の数々に圧倒された。

僕たち編集者は、これらの本に片っ端から目を通した。それだけではなく、図書館や古書店に行って、『世界の大思想』といった本を大量に集め、それらを斜め読みしながら定義を探していった。それまで、ヘーゲルやカントをはじめ、ちゃんと読んだことのない本がほとんどだった。雑な読み方だが、おぼろげに思想の一端が見えたような感じがした。

こういう仕事は、やりはじめると、ついつい完璧を目指そうとしがちだ。ましてこんなに対象が大きい場合には泥沼に入りかねない。しかし、そこでもプラグマティスト（実用主義者）である鶴見の本領が発揮された。例えば、「法」については「聖書」、モンテスキュー、カントは絶対に必要、しかし、その他は見つかった中でいいものがあれば、という考え。

一方、赤瀬川原平の「下駄」の定義「携帯用の廊下である」が素晴らしいというので採用されたこともあった。こういう融通無碍な編集方針だからこそ、短期間に密度もバラエティもある本ができたのだろう。

「定義集」は本巻完結の三カ月後には刊行。六〇二ページで二三七〇円という堂々たる本になり、累計三万三〇〇〇部売れた。

（東京新聞・中日新聞二〇一五年「アンソロジーは花盛り」30〜34）

失敗した新シリーズ

『ちくま哲学の森』(以下『哲森』)の次の企画を考える時、僕にはまったく迷いはなかった。「文庫判型の文学全集」というイメージがあったからだ。

一九八五年一二月創刊の「ちくま文庫」、八八年二月創刊の『ちくま文学の森』(以下『文森』)。この二つの成功によって、新しい器、新しい編集をほどこしていけば、文芸書離れしているといわれる今の読者も、手に取ってくれるんだという手応えを感じていた。こうなったら、筑摩書房のお家芸の文学全集を、今の時代にあったかたちで再生したい、そう考えたのだった。

「文庫判型の文学全集」を前提に、安野光雅《あんのみつまさ》、森毅《つよし》、井上ひさし、池内紀《おさむ》、鶴見俊輔の五人の編者の方々にも相談しながら、企画を固めていった。

こうして刊行されたのが『ちくま日本文学全集』(以下『日文』)で、一九九一年、全五〇巻だ。作家一人につき一巻。好評につきさらに一〇巻追加された。ラインナップは以下の通り(*以降が追加分)。

芥川龍之介	佐藤春夫	森鷗外	正岡子規	島崎藤村
寺山修司	澁澤龍彦	岡本かの子	大佛次郎	白井喬二
宮沢賢治	稲垣足穂《たるほ》	幸田露伴	中野重治	*幸田文
太宰治	福永武彦	堀辰雄	木山捷平	深沢七郎
内田百閒	泉鏡花	中勘助	樋口一葉	宮本常一
坂口安吾	萩原朔太郎	石川啄木	武田泰淳	織田作之助
谷崎潤一郎	江戸川乱歩	永井荷風	志賀直哉	中野好夫
色川武大	尾崎翠《みどり》	島尾敏雄	梅崎春生	富士正晴
金子光晴	菊池寛	柳田国男	林芙美子	岡本綺堂
開高健	夢野久作	大岡昇平	長谷川四郎	渡辺一夫
石川淳	夏目漱石	寺田寅彦	川端康成	折口信夫
三島由紀夫	梶井基次郎	中島敦	海音寺潮五郎	花田清輝

『日文』は一九九三年八月で完結した。『文森』『哲森』そして『日文』と、ここまで順調にいくと、社内から「次は何をやるの？」と聞かれることが多くなる。八八年度は八億、八九年度は五億、九〇年度は四億、九一年度は一〇億、九二年度は八億、九三年度は六億という大きな生産高を生み出していたのだから、そういう期待がうまれてくるのは仕方がない。

新企画については、まず、「新しいスタイルへの挑戦」を考えた。かつての筑摩書房では、「文学」「教養」に続いて「ノンフィクション」の全集が注目されていた。まず、これを検討した。世紀末も近づいていたので、二〇世紀に限って、ノンフィクションをコンパクトにまとめようと考えたのだ。

しかし、長大なノンフィクションを読み尽くして、決定的な場面をセレクトするという作業は、大変な時間がかかりそうだった。また、はたして、どこまで魅力的な編集ができるかは未知数だった。ということで、具体的な巻立てまで検討を重ねたが、最終的には『ちくま20世紀劇場』はあきらめた。

続いて、「『日文』スタイルの継続」を考えてみた。すなわち『ちくま世界文学全集』である。作家名や作品名をリストアップしてみたり、いろんなシミュレーションを試みた。

しかし、なんといっても、世界文学の中心は大長編小説である。四八〇ページで一人の作家をコンパクトに紹介するのは、どう考えても困難だ。これも断念せざるをえなかった。

この他、教科書、雑誌、辞書など、あらゆる企画の可能性を検討していったが、どれも帯に短し襷に長しという感じで、決め手に欠けていた。

そういう時、社内から「もう一度『ちくま文学の森』をやったらいいんじゃない」という声があがったのだ。その声をうけて、原点に戻ってみるのもいいかと思い、『新・

ちくま文学の森』全一六巻を出すことに決めた。

僕たち編集者も、作品の選び方などは熟練してきて、アジア・アフリカなどへの目配りもできるようになっていた。だから、目次をみると、第一期よりも面白いと自負していたのだ。ところが、蓋をあけてみると、一巻平均八〇〇〇部しか売れなかった。

『文森』が大ヒットした時の、「自分自身のエピゴーネン（模倣者）になってはいけない」という自戒の言葉を、僕たちはあらためて嚙みしめていたのだった。


（東京新聞・中日新聞二〇一五年「アンソロジーは花盛り」39）

『中学生までに読んでおきたい日本文学』

編集者が「編者」になる日

その人に最初に会ったのは一九九八年の秋。僕は、二年前からＴＢＳ系ＴＶ番組「王様のブランチ」に出演していた。僕のすすめる本を紹介するコーナーも定着してきた頃だった。ソニー・マガジンズから送られてきた翻訳小説『ブリジット・ジョーンズの日記』が面白く、取り上げることにした。すると、その本の担当編集者である彼は「当日、スタジオに伺います」と言う。こんな人は初めてなので、「熱心な編集者だな」と驚いた。

それからは、折々に編集した本を持って訪ねてきた。翻訳書など僕の知らないジャンルの話を聞くのも楽しみだった。

二〇〇二年、しばらく姿を見ないと思っていると、やってきて、「ソニーに出向して電子書籍事業を担当している」と話しはじめた。結局、ソニーと主要出版社、新聞社、印刷会社が立ち上げた電子書籍販売会社の社長を、僕が引き受けるのだが、そのお膳立てをしたのが彼だった。
○九年のある日、そういう彼、鈴木優が、筑摩書房を離れ、フリーになった僕のところにやってきた。「ここに移りました」と日本ユニ・エージェンシーという翻訳エージェントの名刺を出し、こう切り出したのだ。「松田さんが編者になって若い人向けの文学アンソロジーを出しましょう」。『ちくま文学の森』が大好きだった彼は、児童書や絵本の出版社であるあすなろ書房に、すでに話をしているというのだ。
とにかく会って話をしてみようと、あすなろ書房の山浦真一社長に会った。二人は、もう既定事実のように具体化の手順の話をしている。

たしかに、僕は沢山のアンソロジーを作ってきたが、それはあくまで「編集者」の仕事である。今回のお話は「編者」になれということ。編集者と編者、一字違いだが、裏方のスタッフが表舞台で主役を演じるようなものではないか。

そんなことできるのだろうか。僕はあまり自信がなかった。でも、『ちくま文学の森』をはじめとして、アンソロジー・シリーズを作っていた時の楽しい思い出が蘇ってきた。そこに、お二人の巧みな褒め言葉もあいまって、あっさり「やりましょう」と、僕は答えてしまった。こうして、僕のアンソロジーの季節・第二幕が切って落とされた。

子ども向けでも枠をはめずに

若い人向けの文学アンソロジーを編集するにあたり、読者をどの年齢層に想定するか考えた。読書の歓びを知ってもらうには、小学校高学年から中学生あたりがいいということで意見が一致した。「中学生」にいちばん身近な「日本文学」をすすめるということで、タイトルは『中学生までに読んでおきたい日本文学』と決めた。

作品を選ぶにあたって、最初は、どうしても小中学生が読むということを意識しがちだった。でも、さまざまな作品を読んでいくうちに、そういう枠をはめずに自由に作品を選びたいと思うようになった。なぜなら、文学というものは本来、あらゆる制限から自由なものであり、そこに価値があるからだ。

もちろん、本格的な文語体など、脚注やルビを充実しても理解しにくい作品はあるだろう。なので、最終的には小中学生だった頃の自分を思い出しつつ、今読んで面白い作品、作者の発したメッセージがしっかり伝わってきた作品だけを選ぶことにした。

それでも、多少の心配はあった。そこで、僕が選んだ四作品を、児童書の経験のながい山浦真一社長にあらかじめ読んでもらい、判断を聞かせてもらうことにした。その時、僕があげたのは、「毒もみのすきな署長さん」（宮沢賢治）、「トカトントン」（太宰治）、「鉄路に近く」（島尾敏雄）、「土佐源氏」（宮本常一）の四編。いずれも、教科書には入らないだろう作品だ。でも、僕は是非若い人たちに読んでもらいたいと思っていた。

これらがどういう作品なのか、ざっと紹介する。

悪も絶望も歪んだドラマも

まず、「毒もみのすきな署長さん」(宮沢賢治)は毒のある童話だ。内容は以前紹介した(六三頁)。普通に考えれば、悪の輝きに魅了されるようなものを子どもに読ませてもいいのか、と言う人もいるだろう。でも、悪や悪人について、こういう見方ができていたからこそ、賢治は他の作家がとうてい及ばない深い人間考察をなしえたのだと、僕は思っている。

二作品目は「トカトントン」(太宰治)だった。この作品は作者の自死直前に書かれた傑作の一つ。

作家に宛てて、ある男が自分の悩みを訴えている。彼は、終戦の放送を聞いても、まだお国のために死のうと思っていたのに、トカトントンという槌の音が聞こえると、憑きものがおちたような気持ちになる。それからは、小説を書いても、恋愛をしても、デモに参加しても、スポーツに熱中しても、トカトントンが聞こえてきて、すべてが空しくなってくる。

この小説は、軽い言葉で書かれているし、トカトントンという音もかなりコミカルな印象を受ける。でも、実はとても深い絶望を描いた作品ではないかと思うのだ。戦後の復興の槌音ともいうべきものが、軍国主義だけではなく、この世の人びとのなりわいすべてを空しいものだと気づかせてしまう。これは、とっても恐ろしいことではないか。

こういう絶望感を若い人に教えるべきではないという人もいるだろう。でも、こういう空しくなる気持ちは時代を超えて存在している。そういう意味では、きわめて現代的な作品だと思うのだが。

次の「鉄路に近く」（島尾敏雄）は、精神のバランスが崩れてしまった妻と夫（作者とその妻）の物語だ。夫（作者）の女性関係を知った妻は嫉妬のあまり、精神を病んでしまう。そして、夫に対する激しい愛憎の感情に揺さぶられて自殺を図ろうとする。夫は、家を出ていった妻を捜しまわる。

夫は、自分の女性関係という恥ずべき行為によって妻が精神を病み、もしかすると死ぬかもしれないことを恐れている。冒頭に悪夢がでてくるが、登場人物たちにとっては、現実そのものが、いつまでも覚めない長い長い悪夢を見ているようなものだろう。

この作品は夫婦の間の愛情と嫉妬と憎悪といった激しい感情の動きが、人間の精神を歪め、家庭を崩壊させる様を克明に描いていく。こういうものを子どもに見せるべきではないと考える人もいるだろう。しかし、この作品を読めば、こういう事態になった時、もっとも影響を受けるのは子どもたちなのだということがわかる。したがって、こういう大人たちの演じる歪んだドラマも子どもたちの目から隠蔽すべきではないと思うのだ。

僕が選んだ作品の最後は「土佐源氏」（宮本常一）だ。八〇歳を過ぎた盲目の元博労《ばくろう》が、女性たちとの関わりを率直に語った作品である。

この男は、身分違いであるお役人や県会議員の奥さんたちとも男女の関係になる。そして、彼が男女関係についてたどりついた真実は、「男は女の気持ちになってかわいがる者がめったにない」という言葉に表れている。男尊女卑が普通の時代、こういう優しさをもって女性に接した男がいたことは奇跡に近いことだと思う。

とはいえ、この男の行為はいわゆる不倫であり、生々しい性描写もあるので、子どもに読ませるべきではないと言う人もいるだろう。しかし、人と人が愛し合うということの根源的な意味を教えてくれる素晴らしい作品なので、ぜひ読んでもらいたいのだ。

これら四作品を読んだ山浦は、「どれも素晴らしい作品だし、収録することに何の問題もない」と断言してくれた。そこで、僕は編者の言葉としてこう書いた。

「これらの作品には非道徳的なエピソードや描写なども書かれています。それだけで、子どもたちに読ませることをためらう人もいるでしょう。でも、これらの物語の核心にはきわめて純粋なものがあり、生きていく上でとても大事なことを問いかけています。これらの作品を通して作者が伝えようとしたことは、年若い読者にもまっすぐに届くはずです。選び抜かれた文学作品には、そういう力が秘められている。私は、そう信じています」。

作家の上橋菜穂子に、このシリーズの推薦文をお願いしたところ、こう書いてくれた。

「なんと容赦のない、なんと爽快なラインナップだろう。『中学卒業までに読んでおくべき本』として、『土佐源氏』が入っていたりするのだ。川の澱みに流れついたような人生を、なんの飾りもつけず淡々と語っているがゆえに、人にとって大切なことが静かに胸に迫ってくる、この素晴らしい口述記録や、小説の名作がずらりと並んだラインナップを眺めていると、まるで、そそりたつ壮大な雪の峰々を眼前に見ているような気もちになる」。

さらに、NHKラジオの松尾貴史の番組に出演し、「土佐源氏」に言及したことがあった。そうしたら彼が、「僕は小学生の頃、うちの親に連れて行かれ、一人芝居『土佐源氏』を観たんです」と話してくれた。

『文森』入門編として一〇巻にまとめる

僕は、『中学生までに読んでおきたい日本文学』を、『ちくま文学の森』（以下『文森』）の入門編と位置づけていた。

このシリーズは、今の、そしてこれからの子どもたちに読んでもらいたい、日本文学の名作（明治～昭和）を、テーマ別に一〇巻に編集した。各巻にはバラエティに富んだ作品を一〇～一五編収録している。小説や物語をはじめ、エッセイや落語まで、人間心理を鮮やかにとらえた日本語表現の粋を、感受性豊かな若い読者に届けたいと願った。そして、それは学生や大人の読者の再読や再入門にも役立つはずだ。

一〇巻の構成も『文森』を参考に、まず「恋・不思議・悪・自然・人情・いのち・恐怖・笑い・戦い・知恵」と一〇のテーマを選び、これに「食べ物・だめ男・お金・家族・日記・友情・勇気・こころ・世界・ことば」と、具体的なものも加えて検討した。

その結果、「悪人・いのち・おかしい・お金・家族・恋・こころ・こわい・食べる・ふしぎ」に決定した。

巻のタイトルの表現も「①恋、②恋の物語、③恋のよろこび、④恋に悩んだときに読みたい話、⑤恋はにがいかしょっぱいか」などを考え、②に決めた。

本文は、大きな字で組み、小学校五年以上で学ぶ漢字にはルビを付けて、読みやすくした。注は、その場で参照できる脚注に。固有名詞、歴史的事項、生活風俗用語、学術用語から、一般名詞、動詞、形容詞、副詞でも、普段に使われることの少ないものにまで、注をつけた。これはフリー編集者の光森優子が原稿にしてくれた。

また、路上観察学会結成で知りあった林丈二は、妻の節子と共に個人的な興味で明治の生活、風俗に関する図版を集めていた。そこで『明治の文学』（二〇〇〇年〜〇三年、筑摩書房）の時に図版注を入れることを思いつきお願いした。今回もまたお願いすると快諾してくれた。事項の読み込み、資料の探索など、格段に精度を上げていた。

さらに、各巻を読む指針となる「解説」を掲載することになり、僕は悪戦苦闘することになったが、じっくり作品を読み込むことができ、楽しい発見もあった。

作品の選定は、まず僕が候補作を決めて、編集会議メンバー（あすなろ書房の山浦真一、日本ユニ・エージェンシーの鈴木優、栗岡ゆき子、フリー編集者の光森優子）に配布。読んで感想を話してもらい、それを参考に僕が決めることにした。

装丁は鈴木成一が引き受けてくれた。現代日本の代表的な装丁家であり、文芸書の装丁では当代一の人だ。彼は、若手のイラストを効果的にあしらい、華やかだけど落ち着きのある素敵な装丁をほどこしてくれた。

目次作りは一番の楽しみ

さて、アンソロジーを編集する時、一番の楽しみは、集まってきた作品をグループに分け、それを組み合わせていく目次作りだ。

どういう風にまとめていくのか、『中学生までに読んでおきたい日本文学』の「悪人の物語」のケースを紹介してみよう。

巻頭に詩を置いた。

・「囈語《げいご》」（山村暮鳥）。犯罪の言葉と心和む言葉が並んでいる詩。

最初のブロックには、四編の小説と一編の随筆。悪人が、水をえた魚のように、活き活きとしている。

・「昼日中」「老賊譚《たん》」（森銑三《せんぞう》）は、泥棒たちの痛快な物語。江戸時代には、泥棒という稼業にも、その仕事なりのルールや美学があったらしい。

・「鼠小僧次郎吉」（芥川龍之介）は、義賊のふりをした男とそれを見とがめた男の話。悪人を普通の人々がどういう眼差しで眺めているかを描いている。

・「毒もみのすきな署長さん」（宮沢賢治）は、前に紹介したように、悪に徹した悪人の輝きを賛美している珍しい童話だ。
・「悪人礼賛」（中野好夫）は、悪人を賛美し、善意や純情を批判するという、世間常識からすると正反対の論を述べた随筆である。

第二のブロックは二編の小説。あるところでは悪人でも、別のところでは善人になることもある。

・「少女」（野口冨士男）は、戦後の混乱期に、身代金目的でお金持ちの娘を誘拐した男の物語。彼は、誘拐犯だが、少女には善い人だったようだ。
・「善人ハム」（色川武大）は、普段は穏やかに生きている善人が、戦争という場では、残虐な悪人へと変貌を遂げることの怖さを垣間見ることができる。

第三のブロックは三編の小説。犯罪者が、その行為をどのように償い、悔い改めるのかといったテーマが掘り下げられている。

・「ある抗議書」（菊池寛）の手紙の主は、犯罪被害者や家族がこうむった甚大な被害に見合うだけの刑罰や苦痛を与えるべきだと主張している。

・「停車場で」（小泉八雲）では、犯罪者を被害者及びその家族に直接向き合わせて、償いの言葉を述べさせるという画期的な方法がとられている。
・「見えない橋」（吉村昭）の主人公は、刑務所に三六回入った六九歳の男だ。獄死だけはしたくないと願って出所してくる。

終章は短文が一編。テーマは「悪とは何か」。

・「山に埋もれたる人生ある事」（柳田国男）。山奥で現実に起こった二つの一家心中の事実が綴られている。斧を研いでいる子どもたちの描写は強烈だ。

並びで生まれる相乗効果

アンソロジーの目次を作っていると、まったく別々の作品が並ぶことで、不思議な相乗効果を生み出すことがある。『中学生までに読んでおきたい日本文学』「家族の物語」の時に、それは起こった。

家族で一番基本になるのは母子の関係だろう。したがって、素晴らしい物語が沢山ある。その中から三編を選んだ。

・「洟《はな》をたらした神」（吉野せい）。母親と子どもの気持ちが通い合った瞬間の感動が伝わる。
・「唐薯武士《からいもざむらい》」（海音寺潮五郎）。家族が、戦争で死んだり傷ついたりしてほしくない、という母親の強い願いが伝わってくる。
・「母を恋うる記」（谷崎潤一郎）。労働するくたびれた母、若くて美しい悲しむ母、この二つの母親像が鮮やかに描かれている。

父子の関係もいろいろなドラマを生み出しているが、母子に比べると見劣りがする。それでも、なんとか二編選んだ。

・「小さき者へ」（有島武郎）。結核にかかり、全快しなければ二度と子どもたちに会わないと決意した母親。弱い父親が三人の幼子たちに母親の強さと優しさについて切々と語りかけていく。そして、「前途は暗い」と作者（有島）は書いているが、五年後、彼は子どもたちをおいて、心中死してしまうのだ。
・「終焉《しゅうえん》」（幸田文）。明治の文豪であり、強い父親でもあった露伴の最期を描いている。彼は、自分の死が近いと感じていても、その態度は普段とまったく変わらなかったらしい。それどころか、激しく動揺する娘を叱りつけ、なぐさめ、落ち着かせる。ここには、芯から強く頼りがいのある父親がいる。そのおかげで、作者は最愛の父親と穏やかな心で別れることができたのだ。

どこまでも限りなく弱い父親である有島、瀕死の状態にありながら、想像を絶する強さを発揮する露伴。最弱と最強というか、対極というか、これが同じ人間という種の動物なのかと思えるほどに違っている。

しかし、この二編を続けて読むと、父親というものが抱えている哀しみが惻々《そくそく》と迫ってくるような気がしてならない。

「家族の物語」には、こんな作品も収録した。

・「葬式の名人」（川端康成）。一歳で父を、二歳で母を、七歳で祖母を、一〇歳で姉を、一四歳で祖父を亡くし、「ただ一人」になった川端の寂しい少年時代を振り返った小品。

・「へんろう宿」（井伏鱒二）。身寄りのない女性たちが身を寄せ合うように暮らし、お遍路さんの旅を支える仕事を続けている。

次のシリーズは哲学で

僕が編者のアンソロジー・シリーズ『中学生までに読んでおきたい日本文学』（全一〇巻）は二〇一〇年から一一年にかけて刊行された。予想以上に好評で、次々と版を重ねていった。

そこで、版元のあすなろ書房の山浦社長や企画を推進してきた日本ユニ・エージェンシーの鈴木からは「続編を『哲学』でやりませんか」と提案された。僕も、『文学の森』の後に『哲学の森』をつくったように、「哲学」に挑戦してみたいという気持ちはあった。でも、哲学書を系統的に読んだことのない僕が編者なんておこがましい、という気持ちが強くあった。

悩んでいると、『ちくま哲学の森』を編集した時、編者の一人である哲学者の鶴見俊輔が、「哲学は哲学書や哲学講義の中にだけあるのではない。私たちの日常の暮らしの中や、それを綴った文章の中にも、根本的な問題を考えるためのヒントはちりばめられている」と教えてくれたことを思い出した。

そこで、鶴見が言うような意味での哲学ならば、できるかもしれないと思い始め、そういう目でいろんな本を読んでみた。すると、学者、思想家、小説家、詩人、劇作家、映画監督、俳優、芸術家など多彩な書き手による、味わい深い文章に出会うことができた。大事な問題を考えるヒントになるエッセイ、随筆や小評論、面白くて考えさせられる掌編小説や落語などを選んでいって、テーマ別に集めてみた。そうこうするうちに、『中学生までに読んでおきたい哲学』全八巻がまとまっていった。

それでも、この哲学の世界を僕一人でガイドするのには力不足であることは確かだ。そこで思いついたのが友人のイラストレーター南伸坊だった。南とは、「子どもって哲学者だよね。『死んだらどうなるの?』とか『自分って何なの?』といった根源的なことを問いかけてくるじゃない」というような話をよくしていた。

その上、南の素晴らしいのは、そのまんま子どもになることができるところ。そういう視点で、河合隼雄、養老孟司、多田富雄などとの対話本や『笑う哲学』という本も出している。彼こそ、哲学アンソロジーの「案内人」にふさわしい。

早速、お願いすると、快く引き受け、本文への導入となる哲学的漫画を描いてくれた。おかげで、メリハリのついた奥の深いシリーズとして、二〇一二年四月から刊行することができた。

編集会議で満票をとった作品

アンソロジーの楽しみの一つに編集会議がある。『文学の森』の時には、笑いの絶えない愉快な会議で、その場にいるだけで、幸せな気分になった。

あすなろ書房の『中学生までに読んでおきたい日本文学』『中学生までに読んでおきたい哲学』の時も和気あいあいとした楽しい会議だった。編者は僕一人なので最終的な採否は、僕の責任で決める。でも、みんながどういう風に読んだのかは、ぜひ聞いてみたいと思った。

会議メンバーは、二〇代から六〇代までの五人だった。前に書いたように、あすなろ書房の山浦（五〇代）、日本ユニ・エージェンシーの鈴木（四〇代）、栗岡（二〇代）、フリー編集者の光森（三〇代）、それに僕（六〇代）。

事前に候補作を配布し、読んで感想を話してもらい、それを参考に僕が決めることにした。みんなに◎○△×で採点もしてもらう。その結果、こんな作品が◎満票になった（どれも『哲学』「死を見つめて」の巻に収録）。

・「ねずみ花火」（向田邦子）。生きている人間に、いきなり襲いかかって命を絶ってしまう死。その圧倒的な強さと理不尽さが、際立って感じられる突然死に立ち会った経験を描いたエッセイ。

・「絵本」（松下竜一）。自分の命がすでに限られていて、終わりの日が近いと感じられる時、それでも人は死後に何かを託していくことができる。死によってすべてが断ち切られるわけではないということを教えてくれる掌編小説。

・「大人の世界」（吉村昭）。急死した幼児の葬儀に同級生たちが列席して「バイバイ」と言う、その姿を見て子どもの親はさらに辛くなる……。子どもに死の説明をするよりも、葬儀に「行ってはならぬ」と言う方が、優れた教育になっていると気づかされた。

・「仁科氏の装置」（小松左京）。人生に絶望した男が、後の半生を費やして無意味な人生を葬る、自分の命を絶つための装置を作り上げていくというショートショート。

・「戦争体験をめぐって」（吉田満）。軍人として戦争にゆき、かろうじて生きて帰った著者が、戦後生まれの高校生たちの質問に真剣に向き合っていく。戦争がある段階に達すると、「平凡な一国民が死をのがれるすべ」はなく、そういうところに立たされた若き兵士たちは「間違いなく不幸」で、彼らの「痛切な嘆きが、聞こえないのですか」と語りかけている。

新・京都学派の気風

『文学』のところでも書いたが、アンソロジーの目次を作っていると、集まってきた作品同士が繋がって、思いがけないものが見えてくることがある。

『中学生までに読んでおきたい哲学』の「おろか者たち」の巻を編集している時、こういうことがあった。

それは、この巻の目次の第三ブロック。ここでは、他人と比べて、自分の劣っているところが気になってしまう人の悩みを解消してくれるアドバイスが並んでいる。

・「だめな人間なんていない」（松田道雄）。若い人たちの悩みにストレートに答えている。「自分の得意なところで生きればいい」、「完ぺきでなくたって生きていける」、「軌道修正を何度もやれるほうが、人生行路も安全だ」。

・「遅刻論」（梅棹忠夫）。自分は遅刻の常習者だったと告白している。その上で、外面的な時間規制にこだわるよりも、一人ひとりの内面的な時間規制にしたがう方が創造的であると主張している。

・「やさしさの時代に」（森毅）。人間は方向を定めるときに間違いやすい動物なのだ。一方、目的地に向かってひたすら急ぐのではなく、遊びながら迷いながら行く方が、楽しいし間違いも少ないと提案する。
・「『明るく元気に』病／ズル」（河合隼雄）。親や先生が「明るく元気に」とか「みんな一緒に」ということを子どもに押しつけすぎるのは良くない、などと書かれている。

この四編を読んでいて、あることに気がついた。それは、まったく偶然なのだが、これらの筆者は皆、京都大学人文科学研究所で研究していた「新・京都学派」及び、それに近しい人たちだったのだ。たしかに、一時期の京大には、こういう柔軟な気風があったようなのだ。

そして、「おろか者たち」目次の第四ブロックにはこういう二編が並んだ。
・「痴人の夢」（湯川秀樹）。人間は、自分の中に自分の知らない自分をもっている。大人になると抑えられていくのだが、いつまでも夢見る力、想像力を失わない人間でありたい。
・「狂気について」（渡辺一夫）。人間の中には「うようよした様々なもの」があり、それが一定の方向に向かうと狂気になる。狂気なくして生きることはできないが、狂気によって成し遂げられた事業は、必ず荒廃と犠牲を伴う。だから、私たちは狂気の道を避けるべきだ。

自分の中にある狂気的なるものについて、対極の意見が述べられている。渡辺は東大、湯川は京大。二人の主張は、どちらも正しいのだが、気風の違いは強く感じられる。

（東京新聞・中日新聞二〇一五年「アンソロジーは花盛り」39〜54）

『日本文学100年の名作』

新潮文庫からの相談

あすなろ書房の『中学生までに読んでおきたい日本文学』の仕事が一段落した頃、新潮社の私市憲敬《きさいち》から、こんな話があった。「二〇一四年は、『新潮文庫創刊百年』にあたるので、これを記念したアンソロジーを企画し、社内で検討をはじめたのだが、もう一つしっくりしない。そこでアンソロジーの専門家である松田さんにご意見を伺いたい」ということだった。

僕のようなものの意見が役に立つとも思えなかったが、自分なりの考えを述べてみた。まず、この手のアンソロジーでは、例外をつくると混乱するので、原則をしっかり決めるべきだと話をした。短編小説（一〇〇枚以内）に限定、抄録や部分収録はしない、一作家一作品に限る、などだ。

そういう原則の上に、すっきりしたコンセプトを立てていくべきである。例えば、百年間の名作短編を選んで、テーマ別にまとめるというやり方もある。でも、この企画のいちばん大きなモチーフは「百年」なので、それを前面に押し出すべきだろう。そこで、「百年・十年ごとに一巻・編年体・百人・百作品」というコンセプトを提示した。

その後、文庫のアンソロジーには一定の厚さが必要だと気づき、一巻あたり約五〇〇ページぐらいにするために、「百人・百作品」は外して、「百年間の名作を、一〇年ごとに一巻に、編年体でまとめる」という方針になった。

結局、この百年間に発表された無数の作品の中から、「これぞ名作！」を集めるアンソロジーにしようと思った。それは、日本の近現代文学で読み継がれるべき「小説遺産」を選定する作業でもある。こんなことができる機会なんて、そうそうあるものではない。特に、新潮社は文芸書の強い版元なので、過去の作家をはじめ、現役の作家まで選択の対象になるのも魅力だった。

選考を始める前に、新潮文庫の佐野久男から、「岩波文庫の『日本近代短篇小説選』とは重なる部分があるので、そこに入っている作品は避けましょう」と提案された。岩波のシリーズは近代文学研究者による選定なので、文学史的な視点が色濃く出ている。それに対して、今回のアンソロジーは、あくまで読者の視点で百年の名作を選びたいと考えた。

それにしても、筑摩書房のような「貧者」が知恵を絞って生み出したアンソロジーの技術が、新潮社のような「富者」のお役に立てるとは。面白い時代になったものだ。今、臼井吉見がいたら、さぞかし喜ばれたことだろう。

毎月一回の編集会議と二次会

アンソロジーの成否はチーム次第と言ってもいい。『ちくま文学の森』や『中学生までに読んでおきたい日本文学』の成功も、とても良いチームに恵まれたからだと思っている。

チームといえば、まず編集者だ。新潮文庫のアンソロジー『日本文学100年の名作』(全一〇巻)の編集者は佐野久男以下七名。若い女性たちが潑剌と活躍しているのが印象的だった。毎月一回の編集会議のために、膨大な量の作品を調べ、集め、読んで、粗よりしてコピーし、編者の一人一人に送るという、煩雑な仕事を笑顔でこなしていく名プレーヤー揃いだった。

編者には、ドイツ文学者の池内紀《おさむ》、評論家の川本三郎、それに僕の三人が選ばれた。池内、川本のご両人は、どちらも、近現代日本文学の研究者ではないし、専門の文芸評論家でもない。しかし、優れた読者として多彩な作品を読み込み、含蓄のある評論・エッセイを書いてきた人たちだ。

ちなみに僕は、編者の一員として緊張しながら編集会議などには臨んだ一方で、注や著者紹介を中心に、ゲラのチェックにも関わることになった。古い時代の作品、時代小説、戦争小説、花柳小説などには、必要最低限の注を付けることになったので、注が必要かどうか、注が適正かどうかをチェックする。

池内とは、『ちくま文学の森』以来、『ちくま哲学の森』『ちくま日本文学全集』『新・ちくま文学の森』などの編者として、多くのアンソロジーを一緒に編んできた。池内はその他にも、『ホフマン短篇集』（一九八四年）、『カフカ短篇集』（八七年）、『ウィーン世紀末文学選』（八九年）、『カフカ寓話集』（九二年）をはじめ、深田久弥、野尻抱影、岩本素白、石川淳、小川未明、若山牧水、内田百閒といった人たちの傑作選など、いろんなアンソロジーを編んでいる。

川本はシリーズ『モダン都市文学』（全一〇巻、八九〜九一年、平凡社）のほか、『少年の眼』（九七年、光文社文庫）ぐらいで、アンソロジー編集の経験は少ないということだった。

編集会議は、二〇一三年九月から一五年二月まで、だいたい月一回のペースで二〇回近く開かれた。夕方、会議が終わると会社近くのそば屋に出かけて、一献傾けながら、この企画について、最近の出版状況などについて話し合った。池内も川本も、この二次会が楽しみで、編集会議が終わった時、とても残念がっていた。

編集会議と一口に言っても、企画によって、編者によって、その様子が違ってくる。『ちくま文学の森』の場合は、笑いの中で、自然に優れた作品が残り、目次ができていった。

一方、新潮文庫の『日本文学100年の名作』は、全く違っていた。編集部のスタッフが、候補に挙げられた作家の該当する年代の作品を粗よりしたコピーが、毎回僕たち編者のもとに届けられる。一回の会議で二〇～四〇ぐらいの作品が「宿題」となる。

編集会議の当日、佐野久男の司会で討議が始まる。初めの頃は、編者三人が推薦作を挙げて、それは無条件に収録することにしていた。しかし、それでは、その他の作家の作品が収まりきらなくなりそうなので、このやり方は取りやめになった。

まず、誰か（例えば川本）が、「是非入れたい」と思う◎作品を挙げる。候補作が三〇編あるとすれば、せいぜい三～五編にしかならない。これらの作品は他の二人も◎ないしは〇のことが多いので、それらは「当確」になる。僕以外のお二人は、なかなか厳しくて、そもそも候補作に挙げたのがその人であっても、「読み直したら物足りなかった」と×をつけることもよくあった。これまで経験してきたテーマ別アンソロジーとは違って、どこかで「名作と呼べるのか」との問いが突きつけられている、そういう感じがあった。

その上で、候補に挙がっている作家の作品を一つ一つ検討していく。三人とも〇という作品などは、その評価をめぐって議論がたたかわされるが、結局「落ち」と判断されることの方が多かったようだ。一定程度の評価が下された作家の場合、他の作品を探してもらうことになる。

いちばん悩ましいのは、長編小説には名作、傑作があるのに、短編小説になると物足りないという作家の場合だ。さらに、一〇〇枚超えの中編小説には見るべき作品があるのに、短編にはなかなか選べる作品がないこともあった。また、名作との誉れ高い短編を読んでみても、この作品のどういうところが評価されたのか、一同首をかしげたこともあった。

　刊行の順番だが、百年前の大正時代の作家や作品への関心は、そう高くはない。だとすれば、いちばん関心の高い現在の作家たちの作品（すなわち第一〇巻）から刊行したらと提案したが、そうするためには全巻の目次をまず確定しなければならないので、時間的に無理があると言われてしまった。

入る作品、落ちる作品

『日本文学１００年の名作』の編集では、年代を追って作品を読んでいった。それぞれの時代には、主流であったり、高く評価されていたりする作品にも目を通す。正直に言って、ある時代にきらめいていた作品は、今読むと退屈なものが多い。

　例えば大正から昭和初期の第一巻、第二巻。この時期の文学といえば、プロレタリア文学、自然主義の私小説、新感覚派、白樺派といったところだろう。これらの作品は、いくつかの例外を除けば、ほとんど落ちた。プロレタリア文学では、短編に適当な作品がなかった小林多喜二が落ち、宮地嘉六、黒島伝治のプロレタリア文学らしくない作品が入っている。自然主義系の私小説も、徳田秋声、葛西善蔵などが落ちて、ほのぼの系の加能作次郎が入った。新感覚派だけは、川端康成、稲垣足穂《たるほ》、龍胆寺雄《りゅうたんじゆう》と選ばれているが、中心的な横光利一は落ちている。その一方、ある時期までは評価の低かった尾崎翠《みどり》、長谷川如是閑《にょぜかん》が入っているのが目を引く。

また、ある時代の「前衛」が古びやすいという話になった時の、川本三郎のコメントが見事だった。曰く「松竹映画といえば、小津安二郎や成瀬巳喜男は今でも観られているけれど、大島渚などのヌーベルバーグは今、ほとんど観られなくなった。前衛的なものって、古びやすいんだね」。

その一方、思いがけない風景に出会えることもある。例えば、第一巻の冒頭に収録した「父親」(荒畑寒村)には、なんと百年前の吉祥寺駅が出てくる。

自然主義作家が次々に姿を消していく中で、広津和郎は気になって短編を拾い読みしていた。すると、「訓練されたる人情」という奇妙なタイトルの作品が気になって、編集会議に提出すると、「中野の新井薬師に花街ができる過程が良く描かれた珍しい作品」(川本)、「チェーホフの『可愛い女』の日本版、いい小説です」(池内紀)と大絶賛。第二巻の巻末を飾ることになった。

どんな大作家でも一作品なので、苦しい選択を迫られることも多々あった。それでも、林芙美子「風琴と魚の町」、太宰治「トカトントン」、岡本かの子「鮨」、幸田露伴「幻談」、長谷川四郎「鶴」など、三人の選択が一致した時は嬉しいものだった。

三島由紀夫や吉行淳之介の場合、たくさんの候補作の中から、三島は「百万円煎餅」、吉行は「寝台の舟」を選んだ。なかなか味のある選択ではないかと自負しているのだが、どうだろうか。

鮮やかな「読みどころ」

『日本文学１００年の名作』への採否をめぐる討論は時に鋭くなった。そして、「この作品がなぜ素晴らしいのか」を語る池内紀、川本三郎ご両人の説明は見事だった。

そこで、巻末に各作品の「読みどころ」を書いてほしいと提案した。こういうアンソロジーの場合、個別作品の解説が掲載されることは少ないし、「読者が自分なりの読み方をすればいい」という意見もあったのだが、あえてお願いしてみた。

原稿があがってきて驚いた。お二人は四〇〇字一枚で、それぞれの作品の魅力と時代的背景を鮮やかに切り取っている。選り抜きの名作を読み、「読みどころ」を読むと、作品の世界がさらに大きく拡がっていくではないか。

では、その「読みどころ」のさわりをご紹介しよう。（○数字は巻数）

＊池内紀

・若いころの日記を、ずっとのちに読み返して、小さな補いをしたというつくり、全体にわたり、精緻な虚構がほどこされている。（中勘助「島守」②）

・ひと息で読める。小さな短篇であって、いわば小さな文学だ。だからといって、語られたものが小さいとは限らない。（梅崎春生「突堤にて」⑤）

・言葉にしては一語たりともあてられていないが、戦争の愚かさ、無慈悲さ、無法ぶりを、これほど静かに、そして苛烈に弾劾した文学は類がないのである。（古山高麗雄《ふるやまこまお》「蟻《あり》の自由」⑥）

・話がいったい、どこへ行くのかわからない。「まくらおとし」が何のことかわからない。作者がはたして、誰に向けて語っているのかわからない。読み終わった瞬間にすべてがわかって深い感懐に襲われる。（深沢七郎「極楽まくらおとし図」⑧）

＊川本三郎

・「プチプチ」「ゆらゆら」などオノマトペの多用も子供らしく、それが最後の「馬鹿たれ！」という愛らしい叫びにつながっている。（林芙美子「風琴と魚の町」②）

・なんともユーモラスな、とぼけた小品。現代の複雑な小説、深刻な小説を読み慣れた読者には「なんだ、これは」と怒られるかもしれない。（尾崎一雄「玄関風呂」③）

・青春は苛立ちの季節である。自分が何者であるか分らない。将来どうなるのか、何をしたいのかも分らない。おまけに金がない。（佐藤泰志「美しい夏」⑧）

こんなに親切に、こんなに贅沢に作品を楽しませてくれるアンソロジーも珍しいのではないだろうか。

エンタメ作品と異色作品

『日本文学100年の名作』のようなアンソロジーは、得てして純文学に偏りがちだ。

新潮文庫のスタッフとも、「エンタテインメントも入れたい」と話していた。

まず、時代小説が問題なく入った。岡本綺堂、菊池寛、海音寺潮五郎、五味康祐《やすすけ》、山本周五郎と次々に収録されていった。

いろんな作品を読んだのだが、なかなか入れにくかったのがミステリーだった。江戸川乱歩、夢野久作は、芥川龍之介、谷崎潤一郎、佐藤春夫、宇野浩二など大正期の作家たちの探偵小説趣味と響き合う感じで収録できた。

しかし、その後は、純粋ミステリー短編の秀作を読んでみたのだが、長編に比べて物足りない感じを拭い去ることができなかった。その結果、松本清張、宮部みゆきも時代小説を選ぶことになった。

さらに、文学史的というか文壇的というか、予想されるような作家ばかりが並ぶのも面白くない。意外な作家、作品を発掘したいという気持ちもあって、いくつか提案してみた。その結果、収録されることになった異色作品を紹介する。（○数字は巻数）

まず、一作目は「金儲けの神様」と呼ばれた邱永漢《きゅうえいかん》の「毛澤西」⑤。彼が小説を書いていたことは、あまり知られていない。でも、外国人初の直木賞受賞者だけあって、文章も構成も見事だ。

この小説の主人公は、どこにいようと体制に迎合するつもりはない。それは、共産党にも国民党にも与せず、自力で人生を切り開いてきた作者自身の姿が、この主人公に投影されているからだろう。

二作目は、デザイナー、イラストレーターの和田誠の「おさる日記」⑥。このアンソロジーでは、星新一のショート・ショートを収録しているが、できればもう一編入れたいと考え、この作品に決めた。読者にちょっとした緊張感を覚えさせながら、鮮やかなエンディングに導く語り口は見事だ。

三作目は、芥川賞受賞作家尾辻克彦（赤瀬川原平）の「出口」⑧。これは、おなかの具合がおかしくて、夜道を自宅に向かって歩きながら、しだいに強まってくる便意と戦い続ける、というお話だが、これまでに読んだことがない小説というのが第一印象だ。

この『100年の名作』の編集会議で、私が「こんな小説を書いた人、日本にはいませんよね」と言った時、池内が「世界にもありませんよ」と呟いたのが印象に残っている。

（東京新聞・中日新聞二〇一五年「アンソロジーは花盛り」56〜61）

第二章　装丁ものがたり

僕は本に恋してる

普通の佇《たたず》まいの本が好き

本が好きだ。子どもの時から本を読むのが好きだった。高校生から大学生の頃には、教養主義的な読書をしなければと思い込んでいたこともあり、正直言って、あまり楽しくない経験もした。しかし、興味をもてない本を無理矢理読んでも仕方がないとあきらめるようになってから、再び、好きな読書に耽溺することができるようになった。

一八歳の時に出版の世界にふれ、二一歳の時に編集業に足を踏み入れることになった。この稼業の面白さに目覚めていくにつれて、単に読むだけではなく、「本のかたち」というか「本の構成要素」というか、「モノとしての本」に興味が湧くようになった。

こういう経緯で「本」に着目することになったから、僕の関心は、決して「愛書狂」という方向には向かわなかった。いにしえの、溜息が出そうな美麗本には憧れるが、何が何でも手に入れたいとか、蒐集したいという気持ちになったことは一度もない。それよりも、世の中に流通している普通の佇いの本に惹きつけられるのだ。深窓の令嬢や絶世の美女よりも、市井にいる庶民的で活発な娘さんに惚れ込むようなものか。

編集者にとって装丁とは

さて、では本の魅力とは何だろう。読者の目にまず映るのは、その外見、人間で言えば容貌や装い。そういう佇いを総称して「装丁」と言ってもいいだろう。本を手に取るかどうか、好きな本になるかどうかの判断基準に装丁が果たしている役割は大きい。

では、僕たち編集者にとって、装丁とはどういうものなのか。

まず、編集者が著者から原稿をいただく。そこから、「どういう本にしようか」ということを本格的に考えはじめる。当然、著者は自分が書いた本の内容は熟知している。同じように編集者も、具体的に本作りのプロセスに入ると、原稿、ゲラ刷り（校正用に印刷したもの）と何度も読み返すので、内容を把握できるようになる。そうなると、こういう内容の本にどういう装丁をほどこそうか、楽しみになってくる。これは、単なるファッションやお化粧以上のものだ。たとえて言えば、その本が走り出すための装置を作るというか、売るための時限爆弾を仕掛けるというような気分も多少は混じってくる。

また、別の角度から言えば、編集者としての芸の見せどころという面もある。著者が書いた魅力的な内容を、どう受け止めたのかを、具体的なかたちにして伝えるのだ。著者が書いた内容に対する返歌であり批評でもある。ちょっとエラソーに言わせてもらえれば、著者に勝負を挑んでいるような気負いもある。

だから、できれば胸を叩いて「まかせてください」と言ってみたい。もちろん、装丁に関心の高い著者の場合には、入稿前とか色校正の時点で見ていただくことはある。でも、可能ならば、見本の段階まで著者に装丁を見せないでいたい。そして、出来上がった本を手渡した時の反応を楽しみにするのが理想だ。

装丁はどこから決めていくか

最初に原稿を読んでいる時に、書名、装丁、帯コピーなどが瞬時に浮かんでくることがある。こういう時は、著者であれ、営業であれ、誰が何と言おうが、最初にひらめいたイメージをなるべく大事にしていきたい。もちろん、そうそう我を通してばかりはいられないので、必要な妥協はするが、中途半端な変更を加えていくと、しだいしだいに意図不明な本になっていきかねない。経験則から言って、一切迷うことなく、最初のイメージ通りに作った本は、仕上がりもよく、営業的にも成功するケースが多い。

装丁イメージはどういう風に生まれてくるのか。僕の場合には、いくつかのポイントがある。最初に「文字」がくるケース、「色」がくるケース、「質感」がくるケース、「絵柄」がくるケースなど。それぞれについて、日頃から情報を集め、いざという時に、頭の中の引き出しからスムーズに取り出せるようにしておく。

「文字」なら、さまざまな書体を知っておくことはもちろん、書き文字のバリエーションも覚えておきたい。「色」で言えばインキの見本帳も大事だが、四色分解で表現するプロセス印刷の場合、四色のどういう組合せでその色が出るのか、どういう色が出しにくいかを知っておきたい。「質感」で言えば、紙の情報に敏感でいたい。それは、単なる印象だけではなく、コスト、印刷適性、流通上の適性なども含めてのことだ。「絵柄」で言えば、展覧会や雑誌などで見たイラストレーターや画家、写真家などの作品をファイルしておくことも大事だ。たまに、「この絵を使った装丁ができたらいいな」と思うことがある。不思議なのは、こう願っていると、それにふさわしい内容の原稿に出会ったりする。

でも、そういう風に自分でイメージを作っていくよりも、「どのデザイナーにお願いしようか」と考える方が多い。というのは、以前に、自分で絵柄を決め、級数（文字の大きさ）や字体指定、色指定まで含めて、装丁を試みたことがあるからだ。まずまずの仕上がりにはなったが、あまり決まったという達成感はなかった。

こうして、わかったことがある。それは、自分が抱いていたイメージが部分部分のものであって、その間をどうつなぐか、相互の関係をどうするかについては、無頓着だったということだ。というより、こういう部分まで気を配るのは、素人には土台無理なんだと思い知らされたのだ。

自ら絵を描きデザインもする二刀流

そういうわけで、僕は、まずデザイナーを決めることにしている。会って、自分の装丁イメージを率直に伝える。初めてつきあう人もいるが、おおむね何回も仕事を重ねている人が多いので、要所要所を話していけば、あとはおまかせでいい。飲み込みのいい人の場合、装丁原稿をもらうと、デジャヴュではないが、「そうそう、僕はこういう本にしたかったんだよ」と言いたくなる。

だから、必要最低限の注文やイメージを伝えるだけで下駄を預けることが多い。初めて仕事をするデザイナーでも、それまでのブックデザインの質から推しはかって、仕上がりのイメージさえ伝わればいいと思うからだ。こういう風に安心して任せられるのは、自ら絵も描き、デザインもするような人の場合が多い。こうした二刀流の人とつきあっていて気持ちがいいのは、絵柄を大事にしながら、最終的にはデザイン的な要素を優先するという点だ。

絵描きさんにデザインまで頼むと、自分の絵を最大限、効果的に見せて、文字などを極力目立たないようにしがちだ。また、鮮やかなオレンジとか爽やかな草色など、四色分解（プロセス印刷）では出にくい色というのがあるのだが、それを出して欲しいと食い下がったりする。ところが、二刀流の人は、原画やポジと色校を見比べるとき、まず色校そのものの発色や色バランスで判断を下すことが多い。印刷というメディアを通して、自己表現することに慣れているからなのだろう。

装丁は貧弱になっている

近年、本の装丁が注目されることが多くなってきた。店頭で、装丁にひかれて買う「ジャケ買い」も増えているという。本を作り、世の中に送り出している僕たち編集者からすると、こういうところに注目されるのは大変うれしい。

でも、素直に喜べない事情もある。僕が編集に従事するようになった約四〇年前からすると、本そのものが大きく変わってきている。当時は、文学全集など蔵書型の書物や上製の単行本が主流だった。だから、函《はこ》入りとか布装・クロス装の本が沢山作られていた。

ひるがえって、今の出版状況を眺めてみると、本の世界では、文庫、新書といったペーパーバックが主流で、単行本も並製本が大勢を占めるようになっている。全体にロープライス化、ローコスト化が進み、それに伴って規格化も進行している。装丁に限って言えば、昔に比べて、資材も貧弱になり、表現できる範囲も狭くなっているのだ。「もはや、かつてのような装丁本を作るのは不可能だ」と嘆く古参のデザイナー、編集者も多い。

こういう時代に装丁が注目されるというのは、何という皮肉なことだろう。普通に存在している時には、そんなに注目されなかったのに、滅びつつある、と言われると、にわかに注目を集めることがあるが、そういうことなのかもしれない。

（『「本」に恋して』二〇〇六年・序章より）

装丁でたとこ評論

地券表紙を愛でるの巻

さーて、連載第一回。どういう本をとりあげようか、と勇んで神田の本屋街に出かけてみた。ところが、時期が悪かった。僕が二年がかりで編集してきた『ちくま文学の森』（以下『文森』と略す）が店頭に並びはじめていたのだ。こういう時は、どう努力しても、目は自分の作った本にいってしまい、他の本は霞んでしまう。運動会のマスゲームでわが子の姿のみを追い求める親の心境なのだ。店内のお客さんが、この本に触れていれば、心の中で「買え！　買え!!」と念をかけるし、買わずに置こうものなら、うしろからドツキたくなる。また、誰にも見むきされない時には、自分で手に取って撫でさすってやる。さすがに人前なので、頬ずりしたり、抱きしめたりすることは控えるが……。

いかんいかん、ついついわが子自慢を始めてしまいそうだ。傍から見て、目尻をさげて子どものことをしゃべる親の姿ほど醜悪なものはない。その本（子）が、誰もほめてくれず、まったく売れない可哀そうな子どもだったら、ある種の同情を呼ぶことはある。ところが、今回の『文森』ときたら、姿かたちは極めて美しく（安野光雅の装画・デザインは見事）、賢く（読み巧者の編者四人が選りぬいた傑作ばかり）、その上、親孝行（発売直後から爆発的に売れている）なのだ。こんな子のことを自慢すると、みんなから嫌われてしまう。

だからこそ、僕のような親バカが、子どものことを喋るまいと我慢している時、他人から子ほめされると、天にも昇る気分になる。『文森』の場合、内容、装丁をほめられるだけでなく「持って開く時の手触りがいい」と言われることも多い。これは、地券表紙にしたせいかもしれない。地券表紙というのは、上製本に近いが、表紙のボール紙がしなうように薄くしたり、一切ボール紙を入れなかったりする。こうすると、上製のカッチリ感と並製のソフト感が、程よくミックスした風になる。

昔は、結構よく使われた造本なのだが、近年の本は上製か並製かのどちらかになり、地券やフランス装は少なくなった。最近の本では村上春樹『'THE SCRAP'』、中森明夫『東京トンガリキッズ』などが地券表紙だった。

この地券表紙、実は、困った問題をひき起こしてくれた。最近は需要が少ないために製本屋さんで、貼りの工程が機械化されていず、人がついて手貼りするしかない。そのため、少部数なら問題ないのだが、『文森』のように万単位の重版が次々と出る場合には、製本屋さんの仕事量のキャパシティを越えてしまう。

ルルルルル……

「アンノです。いやあ、見れば見るほどいい本だねえ……」

『文森』の産みの親にして、育ての親でもある安野だ。ほぼ毎日「いい本だ」という電話がかかってくる。こういう時は、僕も心おきなく親バカになりきる。でも、受話器片手にヤニさがっていると、周囲の人々のアキレ顔がしだいに強張ってくるのを感じる……。

（「本の雑誌」一九八八年五月・「装丁でたとこ評論」第一回）

スッキリ、クッキリ、南くんデザインの巻

「この本の装丁、誰がいいかなあ？」

会社の友人たちに、時々こう訊かれることがある。僕は、著者、タイトル、テーマなどをザッと聞いて、思いつくデザイナーを何人かあげる。どんなタイプの本であろうと、必ず入れる名前がある。南伸坊だ。

その時、「エッ？」という顔をする人が多い。あのオニギリ頭をはじめとするイラスト、軽妙な語りで哲学しているエッセイ、ＣＭでお馴染の顔については、よく知られていても、デザイナーとしては、あまり知られていないようだ。

そもそも、僕が南の装丁に魅せられたのは、森伸之『東京女子高制服図鑑』（弓立社）だった。白バックの中央に、ポツンとセーラー服の写真を置き、上に小さいゴチックの

タイトルを配して、とってもお洒落で清潔な感じがした。

僕が最初に装丁を頼んだのは、路上観察学会の旗上げの書『路上観察学入門』だった。砂入りのザラッとした感触のサンドという紙を使い、特太ゴチックの旧字の書名を中央に置いた、一見戦前の本のようなデザインは、冗談と本気のあわいで遊ぼうという、この学会のスタイルにピッタリだった。

南の装丁で、僕が極めつきと思っているのは、内田春菊『南くんの恋人』（青林堂）だ。なぜか手のひらにのるぐらいの大きさに縮んでしまった恋人ちよみちゃんと秘やかな同棲生活を営む高校生南くん。そのちょっぴりエッチで、ちょっぴりセンチな恋物語は「ガロ」連載中から大好きで、単行本が待ち遠しかった。

単行本を手にした時、カバーの美しさ、可愛さに思わず見惚れた。雑誌の時より一層ひきこまれ、それ故に、悲しい結末はつらかった。本を閉じ、カバー中央に斜めに入っているちよみちゃんのセピア色のポラロイド写真風イラストを見ていると、僕自身が南くんになって、残された写真を眺めているような気分になった。でも、そのうちにバックの得もいわれずあったかい緋色が悲しみを優しく包み込んでくれ、ちよみちゃんの笑顔が「短い間だったけど、幸わせだったね」と語ってくるような気がした。

普通、表1面積は、極めて狭い。そこで書名・著者名を目立たせ、絵柄を生かしたいと欲張ると、お互いの要素が相殺

しあってしまう。また、デザイナーが、わざと過剰な要素を加えたり、芸術したりすることがあるが、意図とは逆に本の印象を散漫にしてしまう。

それに比べて南の装丁は、余分な要素を削ぎ落とし、絞り込んだアイテムに、本のもつメッセージを凝縮させている。だから、どの本もスッキリ仕上り、クッキリ明解な顔をしていて、なおかつ遊びがある。僕が、南くんデザインの恋人であるゆえんである。


（同前一九八八年六月・「装丁でたとこ評論」第二回）

特注クロス黄金時代の巻

「優しい猛禽類」……吉岡実に、初めて会った時にそう感じた。今から一九年前、僕が筑摩書房のアルバイトを始めてすぐの頃だ。すでに詩人として名の高かった吉岡は、眼玉をグリグリさせながら、ビックリするほど気さくに話しかけてくれた。唐十郎の状況劇場や土方巽の暗黒舞踏の近くでウロウロしていた僕に親近感をもってくれたようだった。この濃厚でエロチックな詩を書くことで名高い前衛的な詩人が、実は秀れた装丁家である、ということを、僕は知らなかった。

ちょっとしたはずみで、由緒正しい出版社に紛れ込んでしまった僕は、最初、この社の刊行物を眺めていても「何だか、どれもこれも壁土色ばっかだなあ」といった感想しかもてなかった。

時間とともに壁土色の中に、際だって鮮やかな色のクロスで装われた全集があることに気がついた。『現代日本文学大系』の黄味がかった栗色、『校本宮澤賢治全集』の深みのある納戸色、『定本西脇順三郎全集』の暖かい赤蘇枋色、『萩原朔太郎全集』の鮮烈な卵黄色、『堀辰雄全集』の薄い紅藤色。表紙クロスの透明感ある色調の上に金箔文字がクッキリと浮きたち、文字やカットのバランスにも、細心の注意が払われていた。これらの全集類の造本装丁は吉岡の手になるものだった。

他の本では目にしたことのないクロスの色を、どうやって選んだのか不思議だった。一〇年前の会社倒産時に社をやめられた吉岡に、久しぶりに会ってこの点を尋ねてみた。相変わらず眼玉をグリグリさせながら、歯切れのいい口調で吉岡は話してくれた。「よそにはないクロスの色を出したくて、東洋クロスに色見本を渡して作ってもらったんだ」。「三色も四色も作ってもらって、最後に、いざ本番という時には、大阪の工場まで出かけていって、『もうちょっとザラつかせて』とか注文出してね」。

金箔文字については「金は最高の色だと思うし、金や銀は、他の色箔と違って、仕上りのキレがいいしね」とも教えてくれた。

嗚呼《ああ》、黄金時代よ！　クロスを使った、巻数も部数も多い全集を手がけることなど、今の僕らには夢のまた夢だ。

昨年、吉岡が澁澤龍彦、種村季弘たちと企画した土方巽のエッセイ集『美貌の青空』の編集を手伝わせてもらった。奇妙によじれつつ、不思議なリアリティを醸しだす土方の文章に惹か

れていた僕には、楽しい仕事だった。吉岡も、既製の資材を使いながら、贅沢でシックな装いで、この本を仕上げてくれた。

吉岡に「装丁の秘訣は?」と聞いてみた。「僕はデザイナーじゃないから、秘訣なんかないよ」とはにかみながら、「使える範囲内で一番いい資材を選ぶこと、あとは文字とシンボルのバランス、それだけだね」「店頭で派手な本も好きだけど、僕の作る本は、家にもってきて落着いて読めるものにしたいんだ」と答えてくれた。

僕は、その日の会議で企画が決った『森銑三小品集・物いふ小箱』の装丁をお願いしようと心に決めた。


(同前一九八八年八月・「装丁でたとこ評論」第四回)

小さな実験場・水星文庫の巻

「水星文庫」というシリーズがあったのを、ご存じだろうか。と言ってはみたけれど知らねえだろうなあ。これは、僕が編集長になって一九八五年一月、浅田彰『ヘルメスの音楽』、赤瀬川原平『いまやアクションあるのみ!』の二冊でスタートし、種村季弘『ある迷宮物語』、荒俣宏『パラノイア創造史』四方田犬彦『映画はもうすぐ百歳になる』、丘沢静也『コンテキスト感覚』、細川周平『トランス・イタリア・エクスプレス』、池内紀『闇にひとつ炬火あり』、丹生谷貴志『砂漠の小舟』、伊藤俊治『裸体の森へ』などわずか一〇冊を刊行しただけで姿を消してしまった小さな双書だ。

どんなシリーズでも、スタイルをつくり、刊行開始にこぎつける時の楽しみは格別のものだ。まして、「水星文庫」のような双書的エンドレス・シリーズの場合は、いきなり小さな出版社を作り、その社長と造反者に同時になるといった一人サドマゾ気分になる。

社長としては、まず「社」の総合的な個性＝憲法をうちたてようと画策する。これがデザイン・フォーマットの基礎だ。これに対して、造反者は憲法へのチャレンジをはじめる。すなわち、一冊一冊のもつ個性を最大限に生かそうとするのだ。「水星文庫」の場合には、個性の強い著者たちの本なので、この背反、分裂は激しいものだった。装丁をお願いした加藤光太郎は、この矛盾した要請をうけて「水星（＝ヘルメス）」にふさわしい変幻自在のデザインを次々と生み出してくれた。

判型は、僕が以前に何冊か作ってみて、とても気に入っていた四六判変型（左右一〇ミリ断ちのやや細長いもの）にした。茶色いクラフト紙に鮮やかな金赤の箔を押した表紙デザインなどでは、社長の意思をうけて、シリーズとしてのフォーマットを強く通した。一方で、カバーは造反者側に加担し、シンボル・マーク以外は、一冊一冊が思いっきり自由で個性的なつくりになった。

最初の二冊のカバーも、『ヘルメスの音楽』は水銀をモチーフにした、抑制の効いた色調のスタジオ撮影写真をオ

フの四色分解で刷った。そして、帯のかわりに黄色い三角形のシールに赤でコピーを刷って、ペタンと貼った。『いまやアクション……』の方は、赤瀬川のイラストレーションを、光沢のある真っ白い紙（＝エスプリコート）に活版特色四色で刷りっぱなしにした。

この変幻ぶりは二回以後も続き、装丁をうけとる時は「今度はどんな手でくるかな?」と、社長としてはハラハラ気分、造反者としてはワクワク気分だった。とりわけ、池内紀の『闇にひとつ炬火あり』は、独特な味わいのカバーになった。羊皮紙風の紙に、タイトル・著者名とこの本の主役カール・クラウスの似顔絵をスミ・赤二色オフで刷り、その間にクラウスの辛辣な警句が茶色い光沢のある文字（たしかシルクスクリーン印刷だった）でちりばめられているというシックで派手な本に仕上った。

編集面でもデザイン面でも、一冊一冊作るのが楽しい仕事だった。しかし、僕には「枠破り」の方が性にあっているのか、二役のうち「社長」役はしだいに重荷になってきた。そこで、一部地域ではそれなりに評価されていたこの双書から、スタコラサッサと逃げだしてしまった。（本当は、ただアキっぽい性格なんだけどね）

かくして、「エンドレス・シリーズ」は「ジ・エンド」を迎えたのでありました。

（同前一九八九年三月・「装丁でたとこ評論」第一一回）

装丁大福帳

思いっ切りの良い装丁の巻

いやあ、人生長生きしていると、いろんなことがありますなあ。二〇〇〇年七月、銀座にオープンした「紙百科ギャラリー」から、「松田さんの個展をやりましょう」と声をかけられたのだ。僕自身、「編集者の個展」なんて、一度も考えたことはなかった。でも、未知のことに出会うと、「やってみたい」という意欲が盛り上がる質《タチ》だ。喜んで引き受けた。でも、編集者の仕事を、展示でどう見せることができるか、ハタと困ってしまった。

僕の編集者人生で、企画編集し刊行した本は、大雑把に数えると四〇〇〇点ある。とりあえず、その中から、バラエティも考えて約一〇〇〇点を選んで、そのカバーを展示することにした。

しまってある古い本をひっぱりだしてみると、それぞれの本を作った時のあれこれ、特に装丁に関わることをしみじみと思い出す。

印象深い本をあげてみる。まず、浅田彰の『逃走論』。原田治に「抽象画のようなテイストで」とお願いしたら、できあがった装丁は、青黄緑の丸三角四角が配置され、書名は赤文字。ハッと目が覚める斬新でオシャレなものだった。

展示する中で、一番多いのは南伸坊。彼とは気心が知れた友人だ。だから、いつも必要最小限の説明で、どういう本を作りたいのかを受け止め、予想以上の装丁をしてくれる。

彼の装丁といえば、何といっても真っ赤のバックに金文字という赤瀬川原平の『老人力』。店頭で赤と金が照り輝いていた。

もう一人、小学校の恩師である安野《あんの》光雅《みつまさ》の装丁も多い。というより、企画編集のアイディアから始まって、本作り総体をデザインしてもらったものがほとんどだ。

中でも、『ちくま文学の森』は内容同様、装丁も斬新だった。カバー表1には小さく巻名が入り、あとは美しい絵が全面に印刷されているだけ。他には文字は一切入っていない。この装丁を、若い女性が「持ってるとオシャレ」と喜んでくれたのが印象深い。

『逃走論』『老人力』『ちくま文学の森』と、別にベストセラーになった本を選んで取り上げたわけではない。装丁原稿をいただいた時、色校が出た時に、鮮烈な印象を与えてくれた本をアトランダムに書いているだけだ。

なるほど、この三点、装丁者が迷わず「これだ!」とデザインしている。この思いっ切りの良さが編集者、ひいては読者にもストレートに伝わっていくのだろう。その結果として売れるというわけだ。

そうそう、僕の展覧会「編集狂松田哲夫展」は、本のカバーを含めて無慮三〇〇点の我楽多を展示する、奇妙な展覧会になってしまった。

（同前二〇〇二年二月・「装丁大福帳」第二回）

平野甲賀流書き文字術の巻

どんな優れた編集企画でも、印刷されて本にならなければ幻にすぎない。「印刷なくして編集なし」なのだ。だから、いつも印刷のことを、もっと知りたいと思っている。恋した男のように、印刷という片割れにときめく思いを抱き続けてきた。

その思いを遂げたくて、イラスト担当の内澤旬子と印刷現場を歩き、職人さんや技術屋さんの話に耳を傾けてきた。その結果が、『印刷に恋して』（晶文社）にまとまった。この仕事を通して、僕を含めて編集者は、印刷の実際をほとんど知らずにきたんだなあ、と気づかされた。そして、知れば知るほど、印刷への愛は深まった。本作りの楽しみが、また一回り大きくふくらんでいった。

この本の装丁を平野甲賀が担当してくれた。内澤のイラストをあしらい、平野ならではの書き文字が白地にクッキリと浮き出している。まさに晶文社テイストで、スッキリと都会的。僕にはもったいないような装丁だ。

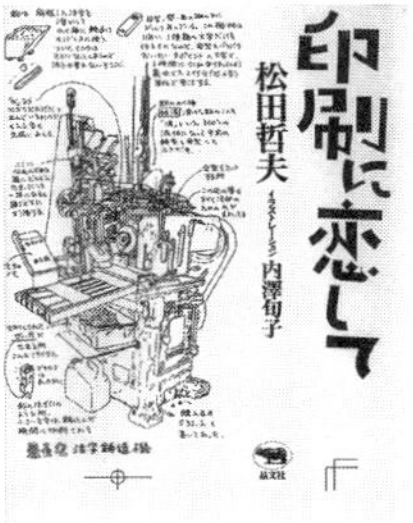

この装丁には、ちょっとした隠し味が仕込まれている。帯を取ると、その下に裁ち位置を指示するトンボがある。本来ならば、裁ち落とされてしまうものなのだ。実は、この装丁の初校が出た時、このトンボは消えていた。印刷所の人は、これが目に入ったとたん、「しまった！」と反射的に消してしまったのだろう。

雑誌連載時にタイトル・ロゴを平野が書いてくれた。この書き文字が、何と言っても強烈に書名をアッピールしている。彼は、これまでも個性的な書き文字を駆使してきたが、最近の装丁を見ていると、ますます味わいが深まっている。かなり大胆にデフォルメされているのに、一字一字が決まっていて、全体が絶妙のバランスなのだ。書道家のように、文字というものを知り尽くしているからできる技なのだろう。

ところで、最近の世の中にある装丁を眺めていて感じるのは、「書き文字が少なくなっている」ということだ。昔は、多彩な書き文字が使用されていた。既存の書体をベースに、レタッチしてオリジナルな書体を作ったり、個性的な文字を書いたりしていた。活字の時代から写植の時代になり、多様な書体が作り出されてきた。デザイナーは、そういった文字を、用途に応じて自在に使いこなすようになった。これが、書き文字が減った一番の理由だろう。また、デジタル技術のおかげで、文字に影をつけたり、変形したりするなど、多彩な表現も可能になった。

でも、書体が豊富になり、加工する技術も進歩してくると、かえってそういうものがなかった、不自由な時代の手法が新鮮に見えてくる。平野の書き文字が鮮烈な印象を与えるというのは、そういうことなのだろう。

（同前二〇〇二年四月・「装丁大福帳」第四回）

似顔絵名人・指定名人・和田誠の巻

和田誠の読書遍歴が垣間見られる『物語の旅』（フレーベル館）を読む。昔読んだという作品を再読し、いろんな発見をする本なのだが、ノスタルジックな雰囲気は皆無だ。子どもの時にはワクワクしたのに、と首をかしげたり。昔は気づかなかった細部の面白さを発見したり。例えば、O・ヘンリイ「失われた混合酒」では、ストーリーが彼の中で変化していたことに気づく。そこで「お話が、僕の頭の中で発酵したのか熟成されたのか」と書く。このスタンスが気持ちいい。

また、洒落たセリフを見つけだすのは、『お楽しみはこれからだ』さながら。「読んでいると絵が目に浮んだ」、「映画だったら、こういう配役だなあ」と考えるところも、いかにも和田誠らしい。それに、「怪盗ルビイ・マーチンスン」が縁で三谷幸喜と出会うエピソードも素敵だ。

あれれれ、これは「装丁大福帳」だ。和田の装丁について書くつもりだったのに……。慌てて、店頭で和田装丁本を探す。柔らかい手描きのゴチック体（たしか「和田ゴチ」

と言う）による書名。細い背の部分だけでも、一目瞭然。二月の新刊には、『三谷幸喜のありふれた生活』（朝日新聞社）、東海林さだお『ヘンな事ばかり考える男　ヘンな事は考えない女』（文藝春秋）、阿川佐和子『いい歳　旅立ち』（講談社）、小沢昭一『あたく史外伝』（新潮社）がある。どれも、ユーモア・エッセイというジャンルだろう。和田の似顔絵が、書き手の人柄を優しく伝えてくれる。例えば、『いい歳　旅立ち』のカバーには幼稚園児、小学生、中学生、高校生、大学生、そして現在までの阿川が、連続して走っている。これぞ、似顔絵名人ならではの技だ。

　並べてみると、パステル調のイラストが目に心地良い。そうそう、和田さんから装丁原稿をもらうと、ペン画の上にかかったトレペに、「C☆%、M△%、Y◇%」と、赤鉛筆で小さな字が書き込まれている。僕らには、どういう色調なのか、ほとんどわからない。色校が出て、なるほどと思う。当然、和田には仕上がりの色が見えている。さらに、僕の記憶では、和田は指定した色を、後で変更したことは一度もない。ベテラン製版職人は網点を読んで色調整するが、その遥か上を行く指定名人なのだ。

　ところで、『物語の旅』を読んでいる時、この本の挿絵展の案内状が送られてきた。今読んでいる本の原画が見られるなんて、うれしいじゃないか。

　画廊で絵を見ていると、一枚欲しくなる。僕は「失われた混合酒」を選んで、自分の部屋に飾った。この本を読んだ記憶が、僕の中でどう熟成していくのだろうか。うーん、楽しみ。

（同前二〇〇二年六月・「装丁大福帳」第六回）

装丁技のデパート祖父江慎の巻

世に装丁家は沢山いるけれど、これまで見たこともない本を作ることにかけては、祖父江慎の右に出る人はいない。これまで彼がやったとんでもない事を列記してみようと思ったが、無数にある。最初の衝撃について書く。

吉田戦車『伝染るんです。』には驚かされた。扉も目次もなしに、いきなり本文が始まる。背丁（製本の時に必要な何折という符丁）が巨大化してはみだしているかと思うと、ノンブル（頁数）しか印刷されていないページが続く。意味もなく版面が斜めになっていたり、一ページだけ四色刷りにしたり。あとがきは文章の途中から途中までで、奥付の後にまた漫画がある。その後に、扉の乱丁があり、見返しにもノンブルが。

第一巻だけでも、これだけ意外な仕掛けを施してある。二巻以後は、今度はどういう技を仕掛けてくるのかと楽しみだった。

最近作、しりあがり寿『瀕死のエッセイスト』『ア〇ス』（ソフトマジック）も、一段と風変わりな造本・装丁の本だ。

まず『瀕死のエッセイスト』。これは上製なのか並製なのか悩ましい。なんといっても堅い表紙だし、背と表紙の間に走る溝（イチョウ）があり背固めしているから、上製のような気もする。でも、本文と表紙の差であるチリがないし、表紙の布が途中まででボール紙をくるんでいない。だとすれば並製か。あえて言えば、上製本のチリの部分を含めて並製のようにカットした本というべきか。その上、本文は、全部の頁に微妙な版ズレを起こさせている。

『ア○ス』は、カバーと本扉に空けられている沢山のパンチ孔が迫力満点。カバーの場合、裏に赤ベタを刷りPPを貼っている。だから、パンチ孔の内縁がホワッと赤いのだ。

こう見てくると、祖父江を、「装丁技のデパート」と呼びたくなる。しかし、彼はただ奇を衒《てら》っているのではない。彼の仕事を見ていると、本の内容にふさわしいテクニックを駆使していることがわかる。読みやすく品のいい本作りを目指したものもあるのだ。

祖父江とは、『神田うの』などの本でおつきあいした。その時、この人は、思いつきで変わったアイディアを出しているのではないと感じた。資材、印刷、製本、後加工など、本作りに関するあらゆる技術を貪欲に研究している。そして、印刷・製本の現場で、職人さん相手に真剣に疑問をぶつけていく。

彼の奇妙なアイディアが、製造過程や流通過程で問題は起こさないか、原価的に許容範囲かなどていねいに検討していく。こういう努力の上に、視覚だけでなく触覚にも訴える三次元の技のデパートが成立しているんだ。凄いぞ。

(同前二〇〇二年七月・「装丁大福帳」第七回)

作風も人柄も気持ちいい多田進の巻

この連載も八回目。これまで、目の前の本や身近の出来事を題材に書いてきたが、はじめて取材することにした。

対象は多田進。装丁歴三二年、これまでに手がけた作品は優に二〇〇〇点を越える。一冊一冊の個性をいかした品の良いデザインには定評があるが、人柄も素晴らしい。だから、取材にかこつけて一緒に飲みたいというのが本音。

気心が知れている人を相手に取材するのは難しい。案の定、話はどんどん脱線していく。あわてて、装丁に話を戻すと、他人のデザインについて熱心に語る。「和田誠さんや南伸坊さんの装丁は好き。伸坊さんは高校の後輩で、装丁に対する考え方は近い」と言う。短く刈り上げた頭、ちょっとはにかみながら話す口調など、「大工さん」と呼びたくなる多田の風貌。なるほど、「職人でいたい」という南と作風が近い。

「最近のお仕事は」と尋ねると、「本の雑誌社と筑摩書房が多いよ」。僕が「そんなサービスしてくれなくても」と言うと、「本当なんだ。筑摩の全集をやらせてもらうんで、仲間には羨ましがられてる」。そうか。

『深沢七郎集』『太宰治全集』に続いて、最近は『牧野信一全集』『秋元松代全集』と全集の装丁を次々にお願いしている。会社の方針としてそうしているわけではない。それぞれの編集担当者一人一人が、ベストの装丁家をと考えた結果なのだ。その他、『読ん

であげたいおはなし

松谷みよ子の民話（上・下）』も、息子の順さんの版画を全面に使った暖かい装丁。親から子へ語り継ぐという、この本の内容と合っている。

本の雑誌社の最近の装丁では、吉田伸子『恋愛のススメ』、店頭で見つけて手に取り、「やっぱり多田さんだ」と納得。女性の手書き風の書名の文字がいい感じ。「誰が書いたんです？」と聞くと、「マックのフォントなんだって」。パソコンはやらない彼が、友人に出力してもらって使った。それと、黒猫のイラストが可愛い。「イラストレーターじゃないんだけど、年賀状の絵が可愛かったんで」という。いかにも多田さんらしい。

酔っ払っていく頭の片隅で「あれを聞こう」と思う。「多田さんといえば、松本人志『遺書』『松本』、あわせて四〇〇万部の超ベストセラーの装丁が見事でしたね」。それまでのタレント本とは決定的に違っていた。白地が印象的で、中央に小さく置かれたモノクロ写真が、遺影のように強烈だった。彼としてはこれが本命だったが、実はもう一つ、写真をフルサイズで使ったものを作ってみたという。すると、「吉本興業（松本）があちらを選んだので驚いた」。

その後も、いろいろ面白い話を伺ったのだが、アルコールの霧に包まれて思い出せない。まあ、楽しかったんだから、いいとするか。

（同前二〇〇二年八月・「装丁大福帳」第八回）

クレスト装を生み出した新潮社装幀室の巻

若い本好きの人たちから「新潮社装幀室ってステキ」という声をよく聞く。たしかに「いい装丁だ」と思ってクレジットを見ると、「新潮社装幀室」ということも多い。どういう仕事をしているのか興味があったので、高橋千裕室長に話を伺った。

新潮社では、昭和三〇年代から社内装丁があった。その頃は、いい絵を探してくるのが主な仕事だった。その後、装丁専門のデザイナーも採用する。最初、彼らは出版部所属だったが、平成三年に装幀室として独立。装丁家の仕事が注目され、「誰のデザイン」と聞かれるので、数年後にはクレジット表示も始めたそうだ。現在、高橋室長以下メンバーは全部で一一名。新潮社の刊行する年間六〇〇点のうち約九割が装幀室のデザイン。外部デザイナーに依頼するものも社内スタッフがフォローする。

社内デザイナーは、編集、製作、営業、宣伝などと緊密に打ち合わせできるのがいい。また、印刷所、製本所、用紙店と直で話すことができるのも大きな利点。その上、装幀室があると、その社の出版物に一貫したデザイン・ポリシーを通すことができる。しかし、コスト面では抑える方向に行きがちなので、平均的なデザインになる危険性もはらんでいる。

新潮社の場合、とかく保守的な方向に行きがちな社内デザインとはひと味もふた味も違う。近年、同社装幀室の名を高めたシリーズ「クレスト・ブックス」が象徴的だ。こ

のシリーズを立ち上げた編集者は、企画段階から装幀室のスタッフと意見交換を始めた。「文学少年少女だった人たちに」というコンセプトにあうように、安くて軽い本作りをめざしたのだ。

出発点はフランス装だったが、高定価になるので仮フランス装に。しかし、これも手作業になるので、コスト的に難しい。そこで、製本所と協力して、機械にかけられる仮フランス装を作りだそうと研究を重ねた。その結果できたのが、いまの造本。社内ではクレスト装と呼んでいる。

このクレスト・ブックスから『朗読者』『停電の夜に』といった、心にしみわたる秀作が相次いで刊行される。本の内容とあいまって、クレスト装も読者に印象づけられていった。まさに、編集者とデザイナーが一体化して成功させた見事な商品といえるだろう。

これまで、たくさんの本が刊行され、本作りの可能性はすべて試みられてしまったかのようだ。また、最近はコスト的な縛りがきつくなったので、決まり切った装丁の本ばかりが目につく。でも、こういう時代だからこそ、新潮社装幀室のように意欲的なブックデザインに出会うと、僕たち編集者はうれしくなる。本作りの世界にも、まだまだ未踏の処女地がたくさん残されているんだと意欲が湧いてくるからだ。

（同前二〇〇二年九月・「装丁大福帳」第九回）

抜群の安定感を誇る鈴木成一装丁の巻

「今を代表する装丁家を一人あげよ」と問われたら、困ってしまう。デザインの優劣など、僕ごときが決められない。それでも、「一人を」と迫られたら、僕は「鈴木成一」と答えるしかない。

　まず、そのジャンルが多彩。文芸書、エンタテインメント、ノンフィクション、ビジネス書、タレント本、写真集……。そして、点数も多い。文庫、新書、双書を含めて、毎月五〇点、年間六〇〇点。

　言うまでもなく、デザインのレベルの高さと安定感は抜群。普段は、絶対に見向きもしない本を、鈴木装丁のおかげで、何度手に取ったことか。ドロドロの中身なのに、爽やかな装丁につられて開いたタレント本。経済オンチだけど、親しみやすい装丁につられて購入してしまったビジネス書。

　ところで、わが筑摩書房では、彼に足を向けて寝ることはできない。『金持ち父さん

貧乏父さん』は、何の宣伝もパブ情報もないうちにベストセラーに。長崎訓子のイラストを効果的に使った鈴木装丁の力だと、僕は思っている。

　鈴木に話を聞いた。『金持ち……』のお礼を述べると、「あの本を持ってきて、『こういう装丁を』って言う出版社があ

るんですよ」と苦笑した。なにをか言わんや。

彼は、自分の仕事について、「僕はアーティストではない。自分と向き合い、自分と闘うということが苦手なんです」と強調した。そして、「その本に一番似合うものを着せるサービス業だ」ともつけ加えた。当たり前のことだけど、きっぱり言われると気持ちがいい。芸術コンプレックスのデザイナーって、意外に多いからね。

彼は、早い時期からＤＴＰを導入してきたので、すべてフル・デジタルなんだろうと勝手に思っていた。ところが、出発点はアナログだった。デザインがひらめくと、使用済みの束見本に仕上がりイメージを鉛筆で描いていく。粗いようだが、文字の印象や大事な指示など、はっきり書いてある。これをアシスタントに渡してデータ化。かたちができたら文字校正。最後に、鈴木がＭＡＣにむかって手を入れる。なるほど、鈴木の装丁した本にある抜群の安定感は、はじめと終わりにしっかり鈴木の目と手が加わっているからだろう。

「最近作で何か」と聞くと、平安寿子『グッドラックららばい』（講談社）をあげた。並製小口折、表紙は鮮やかな若草色、カバーは白地にスミ一色、そのかわり帯が本の三分の二ぐらいあって四色。この帯には、味わいのあるイラストが配されている。一見すると普通の装丁に見えて、実はどっかヘンという感じ。「この小説、日本人離れした話で面白かったなあ」。なるほどね。翻訳小説のようなテイストの装丁なのは、そういう意味だったのだ。


（同前二〇〇二年一二月・「装丁大福帳」第一二回）

いつまでも衝撃的な菊地信義装丁の巻

その本を、店頭で見かけたとき、「なんかヘン？」と思った。『後ろ向きで前へ進む』という書名は、すぐに読めた。でも、なにがヘンなのだろうか。

じっと見つめてみて、わかった。一行目の「後」と「向」の字が裏返っている。それだけではない。晶文社のシンボルマークの犀の絵も、どっかヘンだ。楕円形の中にないのも、こんなに大きいのも初めてだ。でも、そのせいだけではない。帯にある小さいマークと比べて、疑問が氷解した。そうか、この犀も裏返っているのだ。

さらに目を凝らすと、犀マークは網版。ということは、この装丁はスミ一色なのだ。きわめてシンプルで強いのに、見ている僕たちの中にざわめきを引き起こす。ど真ん中の剛速球が、ホームベース直前で九〇度カーブしたような強烈な印象を残す。

こんな装丁をするのは誰なんだ。次々と名前を考えてみるが、誰もピタリとこない。「未知の新人か」と、本を開いて見て、再び驚いた。そこには、「菊地信義」という名前が。

坪内祐三の本の装丁といえば、『文学を探せ』を思い出す。そうだ、あの本は昨年の講談社出版文化賞ブックデザイン賞を受賞している。そして、その時の選考委員の一人が菊地信義。普通、選考委員というものは、受賞者とは別のステージ

にいる人という感じがある。ところが、この『後ろ向きで前へ進む』の装丁を見ると、菊地は、若いデザイナーたちのチャレンジに負けてはいない。いつまでも現役第一線という感じ、これが、菊地装丁の魅力なのだろう。

この『後ろ向きで前へ進む』という本、「幻の1979年論のために」という帯コピーも印象的。思想、教養、ライフスタイルの転換点だった「1979年」をキーワードに、植草甚一、福田恆存、私小説、プロレス、靖国神社などを論じた文章が並んでいる。しかし、坪内は、スッキリとした結論を導き出さない。だから、読んだ僕たちの中に「1979年」という問題がしっかりと残されていく。不思議な読後感だ。

そうそう、筑摩書房が倒産したのが一九七八年。だから、一九七九年というのは、仕事上でも、自分自身の生き方においても、最大の転換点だった。この本を読むまで、個人的なこと、一出版社のことだと思っていたが、時代の中でとらえ直していけば、いろんなものが見えてきそうだ。

坪内はあとがきで「菊地さんこそはまさに一九七九年のパラダイム・チェンジの中で、時代に対して最も鋭い批評性を持った装丁家だった」と書いている。そうだった。一九八〇年の『蒼い時』など、菊地装丁には新鮮なショックを与えられた。それから二〇年以上たって、未だに衝撃性を持ち続けている菊地装丁の強さに、改めて圧倒された。

（同前二〇〇三年一月・「装丁大福帳」第一三回）

第三章　異人たちとの戯れ

一冊の漫画誌から

一九六五年秋、僕は麻布学園の高校三年生だった。ある日の昼休み、階段教室で一冊の雑誌を拾った。表紙には、真っ赤のベタを背景に、刀を構えて疾走している忍者の絵があり、その上に「ガロ」という意味不明な、誌名らしき黒文字があった。何気なく手に取り、ページを捲っていくうちに、それまで見たこともない漫画の世界に引き込まれていった。

この奇妙な誌名の漫画誌は、本文一六〇ページのうち一〇三ページを白土三平の忍者漫画「カムイ伝」が占めている。そして、この作品は漫画という既成概念をくつがえす面白さと迫力をもっていた。途中、歴史の解説があったりするのだが、それがまた物語にリアリティを与えている。一〇三ページを一気に読み、何度も読み返した。

この「ガロ」には、水木しげるの「マンモス・フラワー」も掲載されていた。公害問題を痛烈に皮肉った風刺漫画なのだが、登場するキャラクターに愛嬌があって、そのギャップが面白い。「カムイ伝」といい水木作品といい、新しい表現がここに誕生していると感じられた。

昭和39年11月10日第三種郵便物認可　昭和39年9月1日国鉄東局特別扱承認雑誌第1925号　昭和40年11月1日発行　第2巻第11号通巻第15号(毎月1回・1日発行)
月刊漫画
JUNIOR MAGAZINE
ガロ
No.15
1965
11月号
カムイ伝⑫
赤目プロ　白土三平

翌月からは、毎月、貪るように読むようになった。大学に入ると、この雑誌の編集発行元である青林堂に足繁く通うようになる。そして、それがきっかけとなって、筑摩書房の『現代漫画』のアルバイトになった。そのまま社員になってから永年の間、書籍編集者として充実した仕事を続けることができた。そうなのだ、この日に拾った一冊が、その後の僕の人生を決定づけたのだった。

今から数年前、麻布学園新聞委員会の一年下の連中が同窓会を開くという話を聞いた。懐かしい顔ぶれもいるので、「僕らも参加するぞ」と、朝日新聞（主筆）の若宮啓文と押しかけた。

その後、当日の出席者に、僕の半生記を送った。すると、「あの『ガロ』は僕が置き忘れたものです」と保立道久（東大史料編纂所所長）から手紙が来た。そこで、「『ガロ』があそこにあった理由がわかりました。でも、僕にとっては宝物のようなものなので、返すつもりはありません」と返信を書いた。

同じ「ガロ」（「カムイ伝」）を読んで歴史学者になる奴もいれば編集者になる奴もいる。人生いろいろですなあ。

（「一冊の本」発表年月不明）

神保町トライアングル——「ガロ」・美学校・筑摩書房

東京生まれの僕には、「ふるさと」がない。でも、あえて「ふるさとをあげろ」と言われたら、「神保町」と答えるだろう。僕が、編集者という仕事を選び、永い年月の間、それなりにやってこれたのは、神保町とそこで出会った人たちのお陰なのだから。

僕が、神保町に足を踏み入れるようになったのは一九六三年。高校一年生だった。映画が好きで、新旧名画の公開当時に作られたパンフレットを集めていた。人づてに、神保町にある古本屋が宝庫だと教わった。早速行ってみると、そこには、戦前からのパンフレットが山積みされていた。

渋谷から10番の都電に乗って、週に一度ぐらいのペースで、この店に通った。そのたびに、六〇〇〇部から八〇〇〇部くらいあるパンフレットのすべてをチェックした。欲しいものが見つからなければ、気が済まなかった。

この古本屋では、映画演劇関係の本とエロ本が同居していた。僕はエロ本にも強烈に気をそそられたが、学生服姿で漁るわけにはいかない。その情熱を、パンフレットに集中した。

大学に入ると、学生新聞の広告取りで、神保町にある青林堂を訪れることになった。高校時代から愛読してきた「ガロ」、その編集部に行けるのだと思うと心が躍った。

靖国通りから、小宮山書店の角を曲がり、喫茶店ラドリオを左に眺めつつ、すずらん通りを横切ってさらに進む。小取次が並ぶ一帯を過ぎ、ガソリンスタンドの角を曲がると、すぐ左側に二階建ての小さな建物があった。住所は神田神保町一丁目五五番地。

「ガロ」創刊当時の売れなかった時のことを、長井勝一はこう回想している。

「青林堂は、神田神保町の、『出雲《いずも》そば』のある狭い路地に面した『航空ファン』という雑誌をやっている出版社の二階に間借りしていたのだが、そこへは毎月毎月、『ガロ』が山となって返品されてきて、狭い部屋はたちまち一杯になってしまった(*1)」。

それから数年後、秋田県の銀行員だった矢口高雄は、漫画家になろうと決心し、夏休みを利用して上京した。

「その頃の青林堂は、神田神保町の一角にあったのだが、社屋を見るなりボクは茫然と立ち尽くしていた。ガタピシの木造の、あまりにも貧弱な社屋だったからである(*2)」。

僕もそうだったが、自分の中で勝手にふくらませた「ガロ」に対するイメージと現実との落差に、最初はとまどってしまう。

社屋に入ったところを、勝又進は、こう描写している。

「青林堂は……狭いはしごのような階段を上った、鳥の巣のようなところだった[*3]」。たむらしげるの観察は細かい。

「マジックでガロと書いてある、航空ファンよりかなり擦り切れたスリッパを履いて二階に登っていくと、小柄なおじさんが……世間話をしていた[*4]」。

この小柄な、鳥ガラのような人物は、しわがれた声で、「いらっしゃい」と言った。これが、「ガロ」編集長、長井勝一だった。

いつの間にか、「ここは、自分の居るべき所だ」と、僕は勝手に決めていた。用があろうがなかろうが、「ガロ」編集部に行っては、数人の社員が忙しく立ち働くさまを、ぼんやり眺めていた。僕はできることなら、何でもやった。出庫、返品の受取り、直接注文品の発送、原稿の受取り、返却、広告営業などなど。

彼らからすれば、はた迷惑な存在だったのだろうが、僕には至福の時間だった。憧れていた「ガロ」の編集作業や青林堂の出版活動を、目の当たりにすることができたからだ。これは、他にかえがたい実践的な勉強になった。大学からドロップアウトしつつあった僕には、「ガロ」編集部こそが大学だった。

当時、「ガロ」は毎号部数を伸ばし、青林堂は経営的にも順風満帆だった。当時の様子を辰巳ヨシヒロは、こう書いている。

「『ガロ』は売れているらしい、との噂は耳にしていたが、青林堂入口の道路脇にスポーティな赤い乗用車が停めてあった。車のボディには〝青林堂〟と書かれていた。さらに、この間まで蒸し風呂のようだった編集室に新品のクーラーが備えられて唸り声をあげていた（＊5）」。

青林堂で漫画の編集作業を垣間見ていたことが、僕に思わぬ幸いをもたらしてくれた。知人のすすめで、筑摩書房の『現代漫画』というシリーズの嘱託編集者になることができたのだ。

僕が通うことになった筑摩書房は、神保町の西のはずれ、神田小川町二丁目八番地にあった。僕は、昼飯時や夕方に、しばしば青林堂を訪ねた。長井が近くの兵六などで奢ってくれた酒は、格別に美味しかった。

また、この頃、「ガロ」の人脈を通じて赤瀬川原平と巡り会う。不思議なことに、彼と僕は、好奇心の方向が一致していた。その好奇心のおもむくまま、二人は燐寸《マッチ》レッテル、明治大正の引札、宮武外骨や今和次郎の出版物などを集めていった。赤瀬川はこう書いている。

「外骨という存在を知った私は、古本屋をめぐってその著作刊行物を漁りはじめた。本気で欲しくて探していると何となく嗅覚が働くもので、神田にある古書会館というのを探り当てた。ここで週に一度、東京にあるいろんな古書店会が順番に古書市を開く。それが主な漁場になった（＊6）」。

僕たちが探し求めていた古本は、評価が定まっていないものが多い。だから、専門ジャンルがはっきりしている神保町の老舗の古本屋さんで探すよりも、雑本を含めて展示されている古書展の方が実りが多かった。そこで、毎週金曜日、神田小川町三丁目にある東京古書会館に通った。

その頃は、学生運動・学園闘争華やかなりし時代でもあった。明大、日大、中大など大学が沢山集まっていた神田では、デモ隊と機動隊が衝突を繰り返していた。

東大安田講堂攻防戦にあわせて展開された「神田カルチェラタン」の街頭闘争に、野次馬として参加した僕は、神保町の歩道上から小石を機動隊に投げていた。靖国通りを挟んだむこうには、生ビールのランチョンやスマトラカレーの共栄堂が見える。昼間の明るい日差しのもとでの衝突だったので、あまり悲壮感はない。

気がつくと、僕は機動隊がいる車道に押し出されそうになっていた。振り返ると、あきらかに私服警官とわかる男たちが背中を押していた。僕は慌ててその場を逃れた。

現代思潮社は、学生運動に熱中する学生たちに人気がある出版社だった。僕は赤瀬川のつながりで、現代思潮社の人とも知り合い、倉庫整理のアルバイトをしたこともある。その現代思潮社が美学校という風変わりな学校を作り、赤瀬川に講師の依頼がきた。人前で話すのが苦手な彼は、僕にいてほしいと言う。

そこで、筑摩書房が休みの土曜日に、神田神保町二丁目二〇番地にある美学校に通うことになる。ここでの授業の初年度は「美術演習」で、南伸坊が通い、二年目からは「絵・文字工房」になり、三年目には渡辺和博（ナベゾ）が、生徒としてやってきた。ナベゾは、神保町という町について、こう語っている。

「神保町は本屋がたくさんあるから、僕にとっては学校と図書館が一緒になっているようなもんですよ(＊7)」。

さて、青林堂は最初の引っ越しをする。場所は錦華公園の近く、錦華堂文房具店の二階。住所は猿楽町一丁目二番地三号。ここに二年間ぐらいいて、さらに橋口材木店の二階に引っ越した。住所は神田神保町一丁目六二番地。

「気がついたらいつの間にか二階に入りこんでいた李さん一家とは違って、『ガロ』の版元である青林堂のほうは、ちゃんと家主に挨拶もし、月々のものも払ったうえで二階にいるのだろうが、しかしそれにしても、会社設立以来、主は変われど自分たちは一貫して二階暮らしを続けていたというのは、これはもうエライというしかない(＊8)」。

上野昂志はこう書いている。たしかに、青林堂というと、いつも階段を登って二階にいくというイメージが強烈にある。

もちろん、一階に大家さんが住んでいるケースが多いから、店子は二階というのは普通なのだが、種村季弘の次の文章を読んだ時、僕は「青林堂のことではないか」と感じたのも事実だ。

「民家の二階がいつ頃から都市に普及しはじめたかは知らないが、二階家ができると自然に階下が日々の実用（くらし）の場となり、二階の方は休息や夢をみる虚用（あそび）の場に割りふられたのではあるまいか[＊9]」。

「ガロ」が売れなくなり、原稿料が払えなくなった時、長井は「同人誌のようなもの」と言われることを嫌がった。あくまで「零落した商業誌なんだ」と言っていた。「実業」を目指しつつ、結局は儲けることができず「虚業」化せざるをえない。それが青林堂であり「ガロ」だった。でも、だからこそ、売れないマンガ家も貧しい読者も、束の間の夢を見ることができたのかもしれない。

後年になって書かれた回想を読んでいると、青林堂に初めて出向いたのが、材木屋の二階だったという作家が多い。「ガロ」編集部は二〇年以上、ここにいたのだから、それは当然かも知れない。

「ガロ」創刊二〇周年を記念して出版された一二〇〇頁の大著『木造モルタルの王国』の書名は、糸井重里が、材木屋の二階にある青林堂をイメージして命名した。

ところで、蛭子能収《えびすよしかず》は、時も場所も違うのに、矢口と同じ印象を抱いている。

「水道橋で降り青林堂のある神保町へ歩く時、その付近を歩いている学生の多さに私は驚きました。……学生の間を縫うようにして材木屋の二階にある小さな青林堂に辿り着いたのですが、その予想とはあまりにもかけ離れた小さくて地味な社内に驚きました[＊10]」。

一時は儲かった「ガロ」だが、「カムイ伝・第一部」終了とともに、部数が低迷し、経営的にも苦しい時代に突入する。この頃訪れた安西水丸には、その窮状が感じられたのかもしれない。

「ぼくは神保町の古本捜しの折りに、青林堂を訪ねることがあった。青林堂は材木店の二階にあって、もしも火事などがあったら十分ほどで焼けてしまうような、そんな危険をはらんでいた(*11)」。


青林堂と美学校が近くにあったので、その間に人事交流がはじまる。長井が「誰かウチで働いてくれる人いないかな?」というので、美学校赤瀬川教室初年度の生徒、澤井憲治を紹介した。

この澤井を訪ねて南伸坊が遊びにゆき、続いて青林堂の社員になった。さらに、南のところに遊びに来ていた渡辺和博まで社員になってしまう。鴨沢祐仁は、その雰囲気を、こう伝えている。

「材木屋の上の青林堂も楽しかった。南さんとワタナベさんの漫才(?)の合間に発する長井さんの一言が抜群に可笑しかった(*12)」。

南、渡辺両編集長によって、「ガロ」の「面白主義時代」が花開く。個性的なマンガ家たちと並んで、嵐山光三郎、糸井重里、荒木経惟たちも誌面に登場した。

一九七〇年、僕は筑摩書房の正社員になった。仕事もしだいに拡がり、忙しくなっていった。それにつれて、青林堂や美学校に行くことが少なくなる。たまに青林堂に寄ると、長井は歓待してくれた。近所に新規開店した松翁でごちそうしてくれた蕎麦やうどんは最高に美味しかった。

僕が行かなくなった美学校では、赤瀬川が生徒たちとともに「トマソン観測センター」を結成して、街の中にある無用物を探し、楽しんでいた。

トマソンが引き金となって、一九八六年には「路上観察学会」が発足する。僕は、この事務局長になり、神田錦町三丁目にある学士会館前の路上で発会式をとりおこなった。

また、赤瀬川と僕は、吉野孝雄や南伸坊と一緒に「外骨リバイバル」を仕掛けていった。外骨の代表作「滑稽新聞」濃縮版のために、小川町や駿河台の旅館に籠もって編集作業をすすめたこともあった。

こうして振り返ってみると、僕は神保町という町の中で、編集者としての精神形成をおこなってきたといっても過言ではない。だから、「ガロ」を頂点として、美学校と筑摩書房を結んだ三角形「神保町トライアングル」が、僕の「ふるさと」なのだ。

しかし、この「ふるさと」から離れなければならない時がやってくる。一九八九年、筑摩書房は小川町から蔵前へと本社を移転させたからだ。

続いて、一九九五年、「ガロ」編集部も神保町を離れ初台に移っていく。TVディレクター金平茂紀は、その時の気持ちを、こう記している。

「去年の夏、神保町から青林堂が移転するというお知らせをいただいた時には『木造モルタルの王国もこれで伝説になっちまうのか』などと勝手に舌打ちしていたのです(＊13)」。

これに追い討ちをかけるように、一九九六年一月、長井勝一が永眠。長井という他にかえがたい存在がいなくなったことの意味は大きい。でも、それだけではなく、神保町という町にある編集部の中に長井がいるということの方が、実は重要だったのかもしれない。

それだけ、「ガロ」と長井は神保町という町と不可分の関係にあった。少なくとも、僕にとっては、そうだった。

一九九六年、「ガロ」を発行している青林堂の内紛・分裂劇があった。僕は、青林堂の株主であるのに、なんだか遠い国の話のような気がした。そう感じた時、「この気分は、まさに故郷喪失者(ハイマート・ロス)だな」と、染みじみ思った。

(「東京人」一九九八年六月)

(＊1) 長井勝一『「ガロ」編集長』(筑摩書房、一九八二年)
(＊2) 矢口高雄「悪名も無名に勝る」(「ガロ」一九九六年三月号)
(＊3) 勝又進「『ガロ』のこと」(『ガロ曼陀羅』TBSブリタニカ、一九九一年)
(＊4) たむらしげる「かすれた声の思い出」(「ガロ」一九九六年四月号)

（＊5）辰巳ヨシヒロ「嗚呼、長井さん」（「ガロ」一九九六年三月号）

（＊6）赤瀬川原平『外骨という人がいた！』（白水社、一九八五年）

（＊7）長井勝一・南伸坊・渡辺和博「青林堂は学校だった‼」（「ガロ」一九九四年九月号）

（＊8）上野昂志「青年マンガ黎明期から発展の時代へ」（『ガロ曼陀羅』同前）

（＊9）種村季弘「二階の話」（『書物漫遊記』筑摩書房、一九七九年）

（＊10）蛭子能収「チャンスをくれた『ガロ』」（『ガロ曼陀羅』同前）

（＊11）安西水丸「長井さん、ありがとう」（「ガロ」一九九六年三月号）

（＊12）鴨沢祐仁「長井さんの思い出」（「ガロ」一九九六年四月号）

（＊13）金平茂紀「長井さん、天国でも漫画雑誌を……」（「ガロ」一九九六年三月号）

アドリブ倶楽部と野坂昭如

思い出話というものは、とかく平板なものになりがちだ。そこで、古いガラクタを引っ張り出してきて、それをかたわらに置き、それを眺めながらこの原稿を書いてみることにした。すると、色鮮やかな場面や心に沁みる言葉が蘇ってきたのだった。

アドリブの若きラガーマン

最初に紹介したい写真は、アドリブの若きラガーマン、長髪をバンダナでまとめ、屈託のない笑みをうかべている青年のショットである。一九七三年八月、長野県信濃森上で挙行されたアドリブ倶楽部第一回合宿における練習風景の一コマ。自分で言うのも何なのだが、とても爽やかな青年ではないか。山本和夫カメラマンがとらえた輝かしき青春の名ショットだと思う。

愛住町シャモニーマンション

僕は学生時代から野坂昭如の大ファンだった。『エロ事師たち』『騒動師たち』『ゲリラの群れ』『てろてろ』などを愛読していた。
筑摩書房で編集の仕事を担当するようになった時、最初に『水木しげる幻想短篇集』の解説をお願いした。それと並行して、野坂を中心にした雑誌のプランをもち、彼のところに相談に通っていた。これがやがて、新雑誌「終末から」として創刊される。いろいろと打ち合わせをしていたとき、野坂が「ラグビーをやりませんか？」と意外なことを言いだした。

もともと体育会系の人間が苦手だったので、スポーツとは無縁の生活を送ってきたが、その時はなぜか素直に「はい！」と答えていた。ライバルである他社の編集者に後れをとりたくないという気持ちもあった。でもそれ以上に、未経験のスポーツ、それもラグビーということで思い切って参加してみることにした。

早速、野坂は原稿用紙にメモ書きを書いて僕に渡して、「これを頼むよ」と言った。

ラグビーチームの合宿所を、練習場にしていた上智大学グラウンド近くに作りたいとのこと。すぐに不動産屋をまわり、愛住町のシャモニーマンションを探してきた。張り切っている野坂は、シャワールーム（トイレ）の入り口に懸垂機を設置し、次頁の上図のようなハリガミを貼って、部室らしい雰

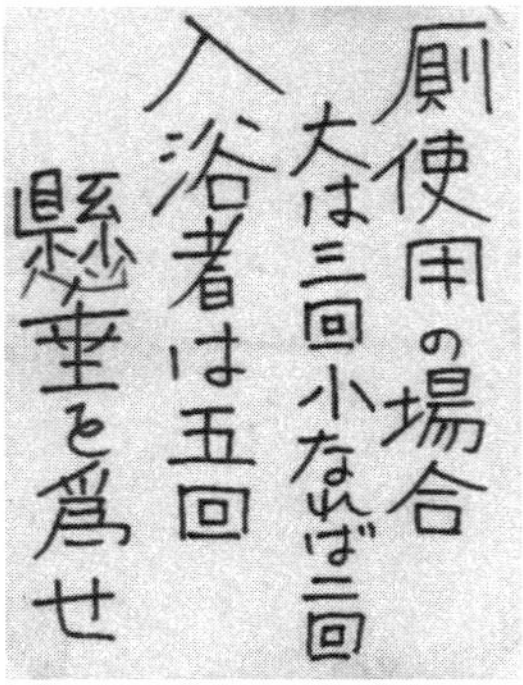

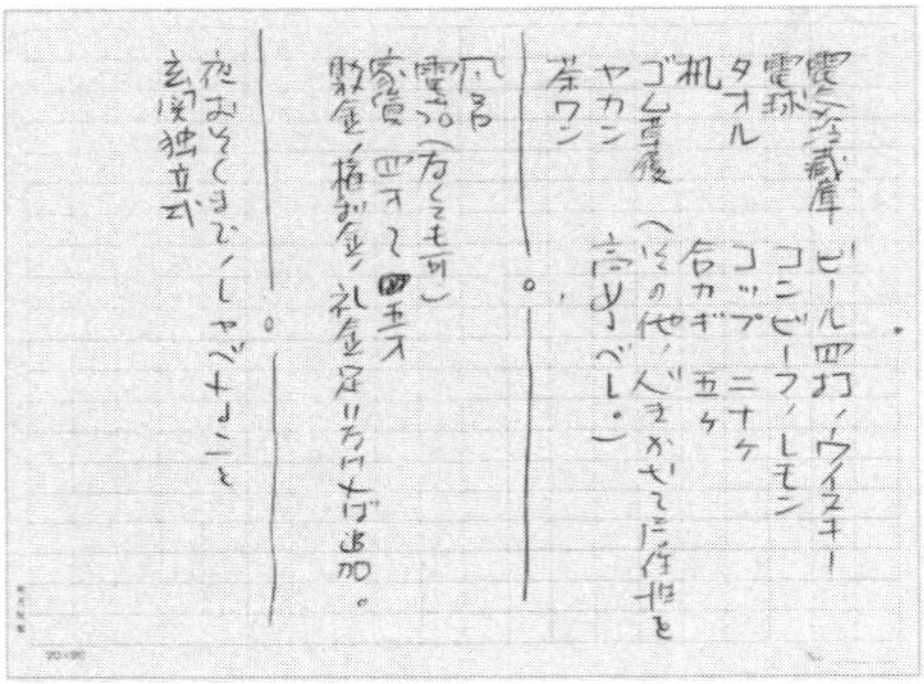

合宿所探しの指示書（右）とトイレ入り口のハリガミ（左）

囲気をかもしだした。このシャモニーマンションは、アドリブの練習場が東大駒場に移ったことで、短期間で役割を終えた。

野坂がラグビーを始めた理由

野坂がなぜラグビーを始めたのか、「日刊スポーツ」の取材にこう答えている（一九七三年九月二九日）。

持ち歌「マリリン・モンロー・ノーリターン」を歌うかと思えば、キック・ボクシングに熱中。本職以外に話題豊富な人気作家・野坂昭如氏だが、最近は「アドリブ倶楽部」なるチームを率い、ラグビーに乗り出した。キック・ボクシングではついに試合に出ることは出来なかったが、十月二十一日には待望の〝初試合〟も控えている。というわけで黒メガネ先生「四畳半襖の下張」ワイセツ裁判で奮闘するかたわら、ヒノキ舞台を目指して目下〝ラグビー〟にタックル中……。

「アドリブ倶楽部」がスタートしたのは今年の五月。「チームプレーのスポーツはやったことがないので一度やってみたかった。今さら野球でもないし、サッカーはブームになりすぎたし、バスケットは女っぽい」（野坂氏）というわけで選ばれたのがラグビー。野坂氏の呼びかけですぐ三十人近くが集合。メンバーは作曲家、作詞家、イラストレーター、編集者、ボイラーマンなど色とりどりだ。平均年齢は三十五歳弱。

脚本通りウイングに球が回れば理想だが、途中でアドリブがありそう——という意味からチーム名は「アドリブ倶楽部」となった。

クラブ・ソングもある。〝妻子忘れ、筆を捨て、ああ壮年の血は燃える〟——この歌を勝ったときは陽気に、負けたときは静かに歌うとのこと。ケッサクといっては失礼か？

ヘンなスクラムの練習

野坂とラグビーといえば、こんな思い出もある。

一九七四年、雑誌「終末から」が休刊となり、単行本に移った僕は、野坂の単行本未収録作品から六編を選び、それを短編集にまとめる企画をたてた。すると、彼は「もう一本書き下ろします」と言う。ありがたい話だと、僕はよろこんだ。ところが、そうは問屋が卸さない。雑誌の場合、発売日などの大枠があるので戦略が立てやすい。単行本になると、発売日は絶対条件ではない。だから、成りゆきでズルズルと後退させられていく。

何度目かの仕切り直しの後のことだった。その日、野坂は「アドリブ倶楽部」の何人かと正月の大学ラグビー選手権試合の応援に出かけた。僕はこの時、「まだ原稿をもらってない」と、野坂家でじっと待機していた。

野坂は試合を観ながらウイスキーを飲んでいたようで、足元も不確かで呂律も怪しくなっている。せっかくラグビーを楽しんできたのに、帰ってみれば素面《しらふ》の僕が「遊んでられるんですか？」と言わんばかりに待っている。たぶん、彼はムッとしたのだろう、「おい松田、スクラムの練習やろう」と、先にたって庭に出た。

逃げるわけにはいかないので、しぶしぶ芝生に立つ。野坂は腰を下げ頭をつきだして、同じようにやれと催促する。僕は、彼が酩酊気味なのを幸い、ガシッと受け止めるような振りをして、ちょっとタイミングをずらしてみた。そうとは知らない野坂は、勢いあまってずっこけてしまう。こうして僕は、彼を何度もずっこけさせた。でも、見ている人たちには、ただ野坂が重心のバランスを欠いているように見えただろう。その時、左手の親指の付け根がカアーッと熱くなった。そこに目をむけると、なんと野坂が噛みついていた。

噛まれた当座は、びっくりしたせいか、あまり痛くはなかった。ところが、歯形はしばらく残り、完全に消えるまで数カ月かかった。そのころ、書き下ろし小説五四枚も、やっと完成することができた。この作品を収めた『ぼくの余罪』（一九七五年）は、僕が筑摩で作った（企画から編集まですべてを一人でやった）単行本の第一号である。

野坂、選挙に出馬表明

一九七四年五月、野坂は突如、七月に行なわれる参議院議員選挙東京地方区に純粋無所属として立候補することを表明した。その「スローガン」は「二度と飢えた子供の顔を見たくない」だった。組織というものとまったく無縁の野坂にはアドリブ倶楽部しか組織らしいものはなかった。そこで、松田が事務局長、事務所長が山之内桂輔と吉村平吉（元・ポン引き）、その他、浜垣容二、戸田鴻、水口義朗、信原彰夫などアドリブメンバーがスタッフを固め、それにボランティアが加わるというかたちになっていった。ポスターはアドリブメンバーの長友啓典と黒田征太郎のK２が請け負い、メインスローガンだけのもの、ステージでうつむく野坂、そして、ラグビーの試合でキックをする野坂。そのバックには英文で「右も左も蹴っとばせ」と入っている。そういう三種類のものを用意した。本人は、ラグビーバージョンが気に入ったようで、選挙カーでまわっては貼ってサインをしていたが、「選挙ポスターらしくない」と応援者の中では不評で後半戦には普通の選挙ポスターに変わっていった。

KICK KICK KICK
KNOCK'EM OFF
THE RIGHT & THE LEFT.
野坂昭如
右も左も蹴っとばせ
AKIYUKI NOSAKA
野坂昭如
このポスターを
6月14日から7月7日の間に
人目にふれるところに貼ると
選挙違反になります。

玉三郎の輝ける初トライ

一九七三年一〇月一〇日、東大駒場グラウンド、一五時三〇分キックオフの対ザ・パンツ戦でのことだった。アドリブ倶楽部の結成は中年男たちに火をつけた。特に、新宿ゴールデン街でとぐろを巻いていた出版関係者は「俺たちもやろうぜ」と名乗りをあげた。そのチーム「ザ・パンツ」がデビューし、アドリブ倶楽部に胸を借りにきたのだった。

試合の結果は四四対〇のアドリブ圧勝だったが、僕には忘れ難い一シーンを残してくれた。

後半のなかばすぎ、左ウィングを守っていた僕の前に絶好のボールが飛んできた。必死につかむと、不思議なことにノックオンしなかった。これ幸いに、そのまま走る！　目の前にゴールラインが見えてくる！　思い切ってとびこむ！　「トライ！」

あとで聞いた話だと、大学でのラグビー経験者であるセンターの吉岡（劇団四季）がボールをもっていたのだが、僕がよくついて走っているので渡してくれたという。

その日の晩、ゴールデン街でのザ・パンツの打ち上げの会は大荒れだったという。「アドリブに負けるのは仕方がない。だがあの松田にトライされるなんて屈辱的なことはないぞ」。

残念ながら僕のトライは、この一回のみで終りになってしまった。でも印象に残るシ

ーンだった。

ところで、写真は山本カメラマンが撮ってくれた僕の独走写真であるが、こういう走り方を見て野坂は僕に「アドリブの玉三郎」という仇名をつけてしまった。百年の恋人に再会したかのごとき情熱をもってボールを抱きしめるのはいいが、足取りがナヨナヨとしていて、これでは「玉三郎」と呼ばれてもしかたないかもしれない。

ザ・パンツのメンバーが僕のトライを屈辱的に思ったのは、よく理解できる。

写真：山本和夫

（「野坂昭如とアドリブ倶楽部」二〇一二年九月・私家版）

地獄のなかに天国を見る・種村季弘

　種村季弘が都立大学に独文の教師として赴任してきたのは、僕が三年生になった時のことだった。その頃種村は、「日本読書新聞」、「映画芸術」などで、ＢＣ級映画や異端の文学を知的に論じる気鋭の評論家だった。早速、「都立大学新聞」への寄稿をお願いにいくと、「書かないよ」とすげない返事。理由は、「大学新聞は僕も編集していたから、どういうものかよくわかっている」とのことだった。僕たちが、思い込みだけでジャーナリズムごっこしていることを先刻ご承知だったのだ。

　当時、反代々木系の学生たちの運動が全国的にもりあがり、その余波がこの大学にも及んでいた。ほとんどの教師はキャンパスから姿を消して、ことが収まるのを待っていた。また、一部の教師が学生たちに共鳴して、ビラを撒いたり授業ボイコットを宣言したりしていた。

　そういう中で、種村季弘だけがひととは違う振る舞いをしていた。都立大全共闘が旧館をバリケード封鎖し、新館に依拠した民青と投石合戦を始めた時のことだ。種村は、はじっこの非常階段から、その様子を興味深げに眺めている。ただ一人、現場で騒動に見入っている姿が印象的だった。

一九七〇年、筑摩書房に入社した僕は、『ナンセンス詩人の肖像』（筑摩叢書・七七年）、『書物漫遊記』（七九年）、『ヴォルプスヴェーデふたたび』（八〇年）、『食物漫遊記』（八一年）、『贋物漫遊記』（八三年）と、種村の本を続けて出していった。種村の仕事は、最初は翻訳や評論が主だったが、知的で軽妙なエッセイも書き始めていて、それが『書物漫遊記』など「漫遊記」シリーズに結実していた。

筑摩書房に入って十数年経ったころ、本作りのコツもそれなりに身につき、企画を立て、目次をまとめるのが楽しくなってきた。親しくなった著者に既発表作品のスクラップブックを見せてもらい、そこから本を編み出すことも多くなってきた。

種村にも「エッセイ集を作りたい」と言ってスクラップブックを借りてきた。それまでに映画評はまとめられていたが、書評や本に関するエッセイはまとめられていなかった。スクラップを読んでいくと、約一五年間に書かれた、ワクワクするほど楽しい文章が並んでいる。とりわけ、「ＢＲＵＴＵＳ」に書いた「シークレット・ラビリンス」は、種村と本との親密な交遊録とも言うべき素敵な文章だった。また、「ドリブ」（嵐山光三郎編集長）に書いた七編（ポルノ、賭博小説、おもしろ・雑学、捕物帖など）は、種村ならではの蘊蓄《うんちく》と知的謎解きがふんだんに盛り込まれた力作だった。これらを柱にして、エッセイ的な書評、本にまつわるエッセイなどを揃えていけば楽しい一冊になると確信した。ノートに目次を書き出し、その横にこんなメモを書きつけた。

「著者の博覧強記とペダントリーがフルに活かされた、本についてのエッセイ集。「漫遊記」シリーズ番外篇その1。例えば、これに付ける帯は「この本はブックガイドではありません」となるかもしれない。役に立つ本、面白い本を紹介するのではなく、種村氏の面白がりかたを楽しんでもらえる本にしたい。したがって、セレクトしていく基準は、エッセイとしてどれだけ面白いか、としたい」。

目次を考えているうちに、『書物漫遊記』の姉妹編ということで、『書国探検記』という書名がすんなり出てきた。種村に話すと、満足げに頷いていた。

種村が仕事の折々に聞かせてくれる話は、バラエティもあり含蓄に富んでいて楽しかった。その頃僕は、こういう文章を書いている。

「極めつきの超電話魔がいる。……種村季弘である。種村との電話は、時によると一時間を優に越え、二時間に迫ろうということすらあるのだ。しかし、この人の長電話の迫力は、時間的な長さにあるわけではない。中身の桁外れな博覧強記ぶりと話術の絶妙さにこそ真骨頂がある。例えば、仕事の打ち合わせを皮切りに、文壇の最新の事件に飛び、そこから日本文学の運命へとはせ登り、記号論、ポスト構造主義、ユングなどをめぐって、米ソの世界戦略からテクノクラートの世界へと進み、一転して若者文化の旗手を手はじめに、文壇の大御所から今を時めく気鋭の学者までをも、あたるを幸いバッタバッタと斬りまくるのだ」。

さらに驚くべきことに種村は、どういうわけか作家、学者、評論家の出身地、家業、兄弟、親戚まで、まるで興信所を使って調べたかのように詳しく知っているのだ。この驚異的なデータベースが背景にあるので、いきおい電話は長くならざるをえない。

『書国探検記』を読むと、種村季弘という人はとてつもない読書好きであり、元祖活字中毒患者だということに気がつく。本人はさりげなく書いているが、尋常ではないエピソードが目にとまる。まず、小学四年生の頃、毎日本屋に通って吉川英治の『宮本武蔵』全巻を立ち読みしている。立ち読みと言えば、闇市の本屋に『大言海』を読みに通っている。立ったまま、重たい辞書を抱えて読みふける少年の姿が目に浮かぶようだ。大空襲で焼け出された時には、手元に残った幾何学の練習問題集と『坊っちゃん』を一年くらい読み返していたという。これだけ活字に飢えていた種村少年は、家にある本はもちろん、友人、知人の家の本も片っ端から読み進んでいく。

さらに、焼跡闇市に出現した無数の古本屋は、この活字中毒少年には映《まば》ゆいばかりの宝の山に見えたのではないか。焼け残った本が、時代やジャンルもバラバラに、名著や雑本の区別なく並べられ、積み上げられている。「ジャングルか大草原」とたとえられる無秩序な古本の山に分け入った種村は、その貪婪《どんらん》な読書欲のおもむくままに、勢いよく読み進んでいったのだろう。そして、この読書体験から、教養主義や外来思想など手垢のついた体系に頼るのではなく、まったくオリジナルな知的回路を構築していったのだ。例えば、『書国探検記』の第Ⅱ章に収められた文章を読むと、娯楽読み物などを入り口に、この世の中の仕組みや構造を見事にとらえて見せてくれる。まさに知的マジックとでも呼びたくなる鮮やかさだ。そして、その姿勢は第Ⅲ章、第Ⅳ章の個別の本や著者について論じる文章にも貫かれている。

ちなみに種村は、書店に溢れんばかりに並んでいる新刊書、とりわけベストセラーにはあまり食指が動かないし、身近に大量の本を置いて蔵書自慢する気もないようだ。焼跡闇市古本少年の面目躍如である。

種村から聞いて強烈に印象に残った言葉がある。

「今の時代、今の社会では、一つのものが話題になると、みんなそっちに殺到する。その時、みんなが振り向かなくなった過疎の田圃にいって掘ってみると、楽々と宝を手に入れることができる。」

これはいかにも、臍曲がりで天邪鬼《あまのじやく》な種村らしい考え方だ。トレンドやブームを追いかけて消耗するよりも、資本や組織がなくても宝探しができる優れた方法論とも言える。なるほど、これぞ編集術の奥義だと僕は感服し、座右の銘とした。

本書の中でも、「東京の死体を犯す」で「国分寺、新小岩あたり……まだ管理され尽くしていない町には……そこらを掘ると……奇態な古代生物ばかりが生きているワンダーランドが浮かび上ってくる」という記述もある。また、天邪鬼については「死は何故に野坂昭如を愛でたもうか」に、「天国を望めばただちに踵《きびす》を返して地獄に下り、裏側から天国に達しようとする」と書かれている。その結果、「天国のなかに地獄を見、地獄のなかに天国が見えるという複眼をさずかった不幸な幸運」という特権を得るのだという。これはまさに種村の視点そのものではないか。

読者は、種村の切り開いた道を辿って、目の前に繰り広げられるパノラマを楽しむことができる。しかし、それだけではこの本の味わい方としては不十分だろう。徒手空拳、無秩序な本の山に挑んできた種村の勇気と知力にならって、未知なる本の山に分け入り、ひとりで道を切り開いていく楽しみを味わうべきなのだろう。

書名にある「探検」の二文字は伊達じゃない。

（種村季弘『書国探検記』ちくま学芸文庫二〇一二年・解説）

転んでもタダでは起きない

僕は、貧乏性というか、転んでもタダでは起きないというか、せこい性格なのだ。例えば、四月の初めに通勤途上でオートバイに接触し、道路に叩きつけられた時も、とっさに思ったのは「ああ、これであの原稿書けていない言い訳ができる」だった。背骨の横突起骨折で痛みが四週間もとれなかったのだから、言い訳ぐらいでは割が合わないのだが。

仕事をしていて辛くなったり、人間関係で面倒になったりしても、どこかで楽しまなければ損だと思うのだ。

こうした僕の性格が幸いしたのが、筑摩書房が会社更生法の申請をして、事実上倒産した時のことだ。

給料は半減する、本は作れない、人員整理もきっとある、それどころか会社もなくなるかもしれないという、本当は悲惨な状態なのだ。それでも、この状態を不謹慎にも楽しんだのだった。

まず、倉庫防衛ということで、星空を仰ぎながら簡易バリケードなんかを作っていると、全共闘の血が騒ぎ、お祭り気分に浸ったりしていた。その上、著者の先生たちや友人たちは、えらく同情してくれ、お酒をふんだんに呑ませてくれた。

会社に行っても、何も仕事がないので、まずパチンコに凝った。それでも時間が余るので、売上率や原価率のデータを経理課に行って引き写してきて、いろんな本の星取表を作って楽しんだ。

本当のことを言うと、七月一二日から更生法開始決定が出るまでの四カ月というのは、予想通り辛かった。本屋に行くと、次々と新刊が出ている。それなのに、僕はゲラも原稿も企画も一杯持っているというのに、一冊の本も作れないなんて、バカヤロー！ という気分だったのだ。

でも、今では負け惜しみではなく、こういう時期があって、とてもよかったと思っている。

星取表遊びのおかげで、いい本さえ作ればいいというのではなく、営業的な目配りというか、商品としてどう売っていくかを少しは考えるようになったし、メディアとしての「筑摩書房」というものを捉えていく視点も持てるようになったのだ。

なによりも、社の状態がガラス張りでよく見えるようになったことと、自分の作った本の売れ行きが直接に社のプラス・マイナスにつながっていると実感できるようになったというのは、とてもさわやかな気分だ。

でも、あんまり楽しんでばかりいないで、倒産でご迷惑をおかけした人たちに、僕の

ささやかな力で償いをしないといとは思っている。

（「新文化」一九八三年七月七日・「風信」を大幅改稿）

河童のユートピア

水木しげるは膨大な量の妖怪漫画を描いているが、その中で一番沢山描いた妖怪は河童だろう。なんと言っても代表作の一つが『河童の三平』であり、本書のような短編集があり、それ以外にも短編が数編あるのだから。

なぜ、こんなにたくさんの河童作品を描いたのだろうか。水木が河童を好きだったのは言うまでもない。でも、それだけではない。河童は人間と同じように結婚し、家庭を持ち、集団で暮らし、社会を形成しているという珍しい妖怪なので、いろいろ想像力を刺戟されたのかもしれない。

本巻に収録した漫画を読むと、人間の社会と河童の世界が対比されて描かれていることがわかるだろう。河童の世界は、人間の社会の姿を映す鏡の役割を果たしているのだ。一五話のうち八割近くの話で、人間の方がずるくて非情である。もちろん、河童も人間の尻子玉を取ったり（「瓢簞《ひょうたん》」）、馬を川に引きずり込んだり（「瓢簞」「曲馬団」）するが、せいぜい度を超えた悪戯《いたずら》でしかない。

それに対して人間は、河童の皿で打ち身切り傷に効く薬（「河童膏《こう》」）、丸子玉や赤ん坊の黒焼きで喘息の特効薬（「徳兵衛と丸子石」「蕎麦の花」）を作って売っている。サーカスでは河童の曲芸で客を呼び（「曲馬団」）、死体まで見世物にする（「復讐」）。

人間たちのずるさについては、第一話の「河童膏」を読むとよくわかる。河童は、人間が溺れていると助けずにはいられない性分なのだ。こういう善良さにつけ込んで、家族全員を虐殺して皿を奪う蛇麿《へびまろ》は賞賛され、心優しいメガネ男、鈍太《どんた》は失業してしまう。

異類との恋愛が御法度《ごはっと》のはずの河童だが、ひとたび恋すると激しいものになる。人間のお嫁さんに憧れた河童は嫁入り道具でいたぶられ（「瓢箪」）、片思いだった球乗りの少女と相思相愛になる河童は人間と河童の大乱闘に巻き込まれ、死んでしまう（「曲馬団」）。そうかと思うと、幽霊（「皿」）や狐（「蕎麦の花」）に熱い思いを抱く河童もいる。

本書には異色作「髪様の壺」も収められている。この作品では、なんと妖怪である河童の生物学上の貴重な知見が語られている。すなわち、河童は卵生であり、十年に一度、卵を生むのだそうだ。

河童たちの物語を読んでいくと、要所要所に掟や教訓などが語られている。

曰く「人間に見つかるとロクなことはない」

曰く「人間と関わりあわない」

曰く「一度約束したことは決して破らない」

曰く「仲間を殺した下手人は必ず探し出さねばいかん」

曰く「溺れた人を救う、それが性分なんだ」

曰く「文化を取り入れてはならない」

ここからは、河童独自の哲学が伝わってくる。すなわち、外界との接触、交流には消極的で、文明や進歩などには背を向け、古来のしきたりは遵守する。

注目すべきは「千匹の河童が一斉に怒鳴る」という実験を「文化」と呼んでいることだ。等身大のこと以上に手を出してはいけないとの教訓なのだろうか。

さて、河童の世界はどこにあるのか。『河童の三平』を読むと、ある程度わかる。人間が生活する地上から地底にむかって行くと、河童の世界があり、そのさらに下に死の世界がある。また、人間の生活も田舎と都会に分かれているとも言える。したがって、河童の世界は死の世界と田舎の世界に近しい関係にあると言えるだろう。

河童の世界を眺めてみると、そこには、頭目争いなど原初的な支配・被支配の関係はあるが、中央集権国家や金融資本など、それ以上のものは存在していない。また、ここに収録された一五話のうち一一話は江戸時代頃の話と思われるのだが、河童は、当時の田舎の暮らしよりも、さらに昔の生活スタイルで暮らしている。

水木は、河童の暮らしを描きながら、田舎の昔の暮らしへの憧れを重ね合わせていたのではないのだろうか。さらに言えば、水木が大人になってから出会い、いたく感動したラバウルの土人（水木によれば「土と共に生きる土着の人」の意味）たちの暮らしにも通じるものがあるようだ。

水木が思い描いていたユートピアは、案外、河童の生活に近かったのかもしれない。

（『水木しげる漫画大全集』第七三巻「河童シリーズ」講談社二〇一六年・解説）

＊図版は「河童シリーズ」の第三話「皿」扉絵。

ねずみ男の冒険

一九六五年、高校の教室で「ガロ」という雑誌を拾った。その号には、超大作「カムイ伝」とともに水木しげるの短編が掲載されていた。そこに登場する、頭巾姿の奇っ怪な人物（？）が印象に残った。

彼は、この雑誌の誌上で忍術評論家、愛情協会のセールスマン、錬金術の先生、都議会議員、腰巻デザイナーなどに扮して、胡散臭《うさんくさ》い振る舞いを続けていた。善良な人間を口先三寸でだまし、悪事がばれそうになるとスタコラ逃げ出してしまう。でも、読めば読むほど、このキャラクターは魅力的だった。

その後、「少年マガジン」連載の『墓場の鬼太郎』を読むと、このキャラは「ねずみ男」という名前で、妖怪と人間の混血児だという。彼は、どんな局面においても利にさとく、都合が悪くなると、味方でも敵でも平気で裏切る。

題名が『ゲゲゲの鬼太郎』に替わり鬼太郎が正義の味方になるにつれて、ねずみ男の怪しい輝きはいや増していく。そして、ずるくて卑怯な奴なのに、愛すべきキャラクターとして、読者の人気は高まっていった。実は、ねずみ男の本音主義こそ、「幸福とは何か」を問い続ける水木のメッセージをストレートに体現していることに気がついていたからなのだろう。

一九八五年、ちくま文庫に水木作品を収録するにあたって、僕は、なによりも、ねずみ男主役の本を作りたかった。そこで、鬼太郎もの以外で、このキャラが活躍する作品をチョイスして、『ねずみ男の冒険』という本を世の中に送り出した。

それからずーっと、世界でたった一冊しかないねずみ男本は、今でも読者に受け入れられ続けている。

（読売新聞二〇〇六年六月二八日）

*図版は『墓場の鬼太郎』の「妖怪大裁判」より。僕が原作を書いた。

© 水木プロ

水木しげるサンお別れの会　弔辞

水木さん！

水木さんが亡くなったという知らせを聞いた時、僕は思わず、「嘘だ！」と口走りそうになりました。水木さんだけは、いつまでも生きている、そう思っていたからです。

一昨年、僕の書いた本の出版を記念する会の発起人を引き受けていただきました。あの時は、壇上にあがっていきなり「パピプペポ」と言い、独自の健康法を披露して、みんなの笑いを誘ったかと思うと、パクパクと料理をおいしそうに平らげていらっしゃいましたね。

年を重ねるごとに元気になっていくように見える水木さんだから、死とは無縁なんだと思っていたのです。

水木さんに初めてお目にかかったのは、四七年も前のことです。漫画雑誌「ガロ」の使い走りで原稿を受け取りに伺いましたが、その奇人ぶりを鮮明に覚えています。

その時、水木さんは、初対面の僕にむかって、ググッと身を乗り出し、真顔で「頭がからっぽになりますよ」「えらいですよ。もう殺されますよ」と言うではありませんか。

びっくりしていると、楽天的とも絶望的ともとれる大きな笑い声を残して、トイレに姿を消してしまいました。「墓場の鬼太郎」の「少年マガジン」連載が始まり、多忙を極めていた時でした。

僕が筑摩書房に入り、編集者としての歩みを始めると、水木さんとの交流も密になっていきました。身近に水木さんの仕事ぶりを拝見していると、ただの奇人ではありませんでした。水木さんは、文明社会を痛烈に批判し、南の島の人たちのノンビリした暮らしに憧れ、妖怪たちと共に生きることを、純粋に夢見ていました。その一方では、作品を発表し続けるプロダクション運営も、しっかりこなしているのです。きわめて実務的なところと、この世離れした夢想とが渾然《こんぜん》一体となっているのが、いかにも水木流でした。

そもそも水木さんは、オタクであると同時にガキ大将だったそうですね。幼少のみぎりから、内面と外界を見つめる目を兼ね備えていたのですね。

代表作の「ゲゲゲの鬼太郎」「河童の三平」「悪魔くん」を読めばわかるように、水木さんの視野に入っていた世界は、僕たち凡人には想像もつかないほど広大なものでした。そこには、人間社会や大自然はもちろん、妖怪などが棲む異界、さらには死後の世界まで含みこんでいたと思われます。

そういう水木さんにとって、「死ぬ」ということは、広大な水木ワールドの中で、ちょっと引っ越しをした、そんな軽い気持ちだったのかもしれませんね。

水木さんの訃報に接して、僕たちは、水木さんから、果てしなく大きなものを受け取ってきたのかを改めて認識いたしました。素晴らしい作品をありがとうございました。水木さんは家族を大事にする人でしたね。これからは、その家族の方々が、水木ワールドを守り育てていってくださるでしょう。

ご冥福をお祈り申し上げます。

二〇一六年一月三十一日

松田哲夫

（別冊「怪」「追悼・水木しげる　世界妖怪協会　全仕事」株式会社KADOKAWA、二〇一六年八月）

鶴見俊輔はキ××イである

「ワーハッハッハ、ワーハッハッハ、ワーハッハッハ」

眉根に皺を寄せ、真剣な表情で本を読んでいた哲学者は、やおら自分の腿を平手で叩きながら、噴火のような激しい笑い声を発した。これには驚いた。

その時の僕は、この哲学者、鶴見俊輔と仕事をするようになって間もなかったので、どう反応すればいいのか判らない。ただただあっけにとられて見入るしかなかった。

筑摩書房の編集部嘱託として『現代漫画』（一九六九～七一年）を担当することになった僕は、京都にいる鶴見の自宅に膨大な量の漫画本やスクラップを運んで、その中から収録すべき作品を選んでもらっていた。突然の笑いに遭遇したのは、彼が、その資料を猛スピードで目を通している最中のことだった。

鶴見が読んでいる作品を見ても、狂喜するほど面白いとは思えない。そこで、おずおずと尋ねてみると、鶴見は、時代や社会には、それぞれ無意識の約束事がある。そのおかしさが、漫画の主人公の奇矯なふるまいや言動によってあぶり出されるところが面白い、とていねいに説明してくれた。

それまで、作品の表面的な面白さしか読んでいなかった僕にとっては、まさに目から鱗だった。編集者は、作品に秘められたメッセージをも読み解く必要がある。だから、そういう目を鍛えていかなければならないということを、この時、教わったのだった。

こうして、『現代漫画』、『天皇百話』(一九八八年)、『ちくま哲学の森』(一九八九〜九〇年)などの仕事をご一緒させていただく中で、鶴見ならではの視点で選ばれた作品の一篇一篇を楽しませてもらった。

そして、目の前で一つの立体的な流れとなり、ストーリーを形作っていく現場にも立ち会うことができた。その編集術の鮮やかさには、いつも目を見張らされていた。

鶴見は『日本の百年』(一九六一〜六四年)を始め、数多くのアンソロジー、編著を世に送り出してきた。読んでみると、そういうシリーズとそれに類似した本とでは、雲泥の差がある。類似本には活き活きとした臨場感がまったく感じられないのだ。

そのことが常々不思議だったので、鶴見に率直に聞いたことがある。すると、「こういう本をまとめていく上で大事なのは、貼り付ける力の強さです」と答えてくれた。小さな紙片を一枚一枚貼り付けていって、大きな貼り絵を描いていく時、ある一枚の紙片をどこに貼ってもいいようだが、実は、ここでなくてはという場所がきっとある。その場所に力一杯貼り付ける、その力の強さこそが、絵全体をしっかりまとめていくポイントなんだという。ナルホドと納得しつつ、その場所を見出す眼力を持っていなければ、とも思った。

鶴見と話していて、いつも驚かされるのは、その桁外れの読書量と想像を絶する記憶力である。『ちくま日本文学全集』（一九九一～九三年）の編集会議の時もそうだった。五歳の時から読んできたという文学書は、古今東西にわたっていて、膨大な量だし、その上、そうした作品のほとんどについて、ストーリーやキャラクター、具体的な場面まで克明に記憶しているのだ。

それは、古典的な名作だけに限らない。赤川次郎の全作品を読破していると聞いて、その会議に出ていた無類の読書家たち（安野光雅、森毅、井上ひさし、池内紀）もしばし啞然としていた。

ただし、困ったこともあった。アンソロジーというものは、ページ数の関係で、おおむね短編作品しか収録できない。だから、僕たち編集者は、作品の長さを常に気にしていた。それなのに、鶴見が「すぐに読めたから短かったはず」と言うので、調べてみると数百枚あったりすることもあった。

また、鶴見の語るあらすじを聞いていると、とてつもなく面白そうな作品のようだ。ところが、読んでみると、必ずしもそうではない。不思議に思って鶴見に尋ねると、どうやら、その作品と、それを読んだ時の印象や批評などを一緒に記憶し、頭の中で、より面白い作品に作り替えてしまっていたようなのだ。いやはや。

最近、加藤典洋と話している時に、鶴見のことが話題にのぼった。その結果、鶴見の人並みはずれた記憶力、編集力、判断力、構想力、政治力などについて、具体的なエピソードを交えながら、熱く語りあうことになった。

そして、二人の結論は、期せずして「鶴見俊輔はキ××イである」に落ち着いた。どういう面から考えていっても、われわれ凡人からすると常軌を逸していることばかり。適切な表現かどうかわからないが「キ××イ」と言うしかないのでは、ということになったのだ。かなり酒が入っていたとはいえ、大哲学者を「キ××イ」と呼ぶのはいかがなものか、と後でちょっぴり反省した。

その翌日、ある文学賞の授賞式が開かれていた帝国ホテルのクロークに並んでいると、後ろから声をかけられた。振り返ってみると、そこには、数年、お目にかかっていない鶴見がちょこんと立っている。なんたる偶然、これも常人ではない証では……。あわてて、「きのう、加藤典洋さんと『鶴見俊輔はキ××イである』って話していたんですよ」と口走ってしまった。すると、「それはいい」と、悪戯《いたずら》っ子のような微笑みを返してくれたのだった。

この人にはかなわない。


（「鶴見俊輔――いつも新しい思想家［KAWADE道の手帖］」二〇〇八年）

鶴見俊輔さん固有の力

二〇一五年の七月二四日、鶴見俊輔さんが亡くなりました。鶴見さんは自分の言葉で語る、しなやかな哲学者であり、戦後日本を代表する秀でた思想家であり、粘り強く闘かう市民運動家でもありました。でも、僕から見れば、鶴見さんは、なによりもまず優れた編集者でした。一九六九年、筑摩書房で編集の仕事を始めた僕にとって、最初の著者が鶴見俊輔さんだったのは、きわめて幸運なことでした。

鶴見さんとの最初の仕事は、彼が企画した『現代漫画』という漫画の全集でした。僕たち編集者は、漫画家から資料を借り、鶴見さんのところに届けて、収録作品を選ぶ作業を進めました。その時のことです。眉間に皺を寄せ、真剣な表情で資料を読んでいた鶴見さんは、突然、自分の腿を平手で叩きながら、「ワーハッハッハ」と激しい笑い声を発したのです。これには驚きましたが、全身で漫画と向き合っている、そんな迫力が伝わってきました。

鶴見さんは、山のような資料を、驚くべきスピードで読み、作品を選びます。さらに、それに再び目を通し、与えられたページ内に収まるように並べていきます。すると、はじめはバラバラだった作品群が、一つの立体的な流れになるのでした。この鮮やかな編集術にはいつも目を見張らされました。

この『現代漫画』というシリーズには「漫画戦後史・社会風俗篇」という巻がありました。その編集過程は、まさに鶴見さんの一人舞台でした。

僕たちは、鶴見さんの指示に従い、新聞や雑誌などを幅広く集め、この巻に相応しいと思われる漫画を選び、それを鶴見さんが絞り込んでいきました。その時、鶴見さんの驚異的な記憶力が威力を発揮しました。例えば、「昭和二〇年代後半の『アサヒグラフ』にあった〈漫画学校〉は、素人の投稿漫画と同じシチュエーションでプロの漫画家が競作するという面白い試みでした」とか、思いがけないものを掘り出してくれるのでした。

なぜ、こんなことまで知っているのでしょうか。それは、鶴見さんが『日本の百年』という現代史のシリーズを企画編集するにあたり、国会図書館にある、戦前から近年までの雑誌を片っ端から読んでいったからです。その時、雑誌の論文、談話、ドキュメント、エッセイなどはもちろん、コラム、一コマ漫画、人生相談、読者投稿欄にいたるまで、すべて読み、面白いものを探しだしていったのでした。

こうした視野でとらえることで、権力者や有名人ばかりが登場する歴史ではなく、そこに一般大衆が、顔を持った一人の人間として登場してくる歴史が描かれていったのでした。

雑誌の読み方でわかるように、鶴見さんの視点は文化や芸術においても同じでした。

すなわち、芸術と大衆芸能とを同じ価値を持つものとしてとらえ、論じていったのです。こういう視点で論じた大衆小説、漫画、映画、漫才、ストリップなどに関する著作の数々は、時を超えて輝きを増しつつあります。

ところで、そういう鶴見さんが、「お笑い芸人又吉直樹さんの芥川賞受賞」を、どう思うか聞いてみたかったですね。「芥川賞的な純文学の言語は八〇年かかって、やっと漫才の知恵を理解するところまで成熟した」なんて言われるかもしれません。

「漫画戦後史」に話を戻しましょう。集まってきた漫画を一冊に編む段階になると、鶴見さんは、どういう目次にするか、話してくれました。まず、序章には『八月一五日回想』が置かれます。続いて戦後の二五年間を、『占領下日本』『小国日本』『大国日本』と三つに切り分けます。新鮮で明解なキーワードで切りとる包丁さばきに舌を巻いていると、追い討ちをかけるように「戦後すぐから今までの未来予測の漫画を集めて『未来のかたち』という終章にします」と付け加えました。歴史の本に未来の章をつくろうなんて、これまで誰も考えつかなかったことでしょう。想像力を豊かに駆使した漫画の魅力を生かす意味でも、素晴らしいアイディアだと心底感服しました。

鶴見さんが編んだシリーズと、これに類似したシリーズを読み比べてみると、類似本には活き活きとした臨場感が感じられません。この違いはなんでしょうか。そこには鶴見さん固有の「力」が存在していることがわかってきました。

まず「読む力」です。鶴見さんのとてつもない読書量には、いつも驚かされます。アカデミックな本、文学書はもちろん赤川次郎の全作品まで読破しているのですから。

続いて「憶える力」です。鶴見さんの記憶力には、いつも圧倒されていました。どんなことを聞いても、さっき読んだかのように教えてくれるのですから。

さらに「摑む力」もあります。鶴見さんは、ある人物やある本について、その本質や美点をズバッと摑みだしてくれる。その手際の鮮やかさと力強さには圧倒されます。そうかと思うと「跳ぶ力」もあるのです。鶴見さんの話や文章は、時としてポンと跳躍します。かつて、戦争責任をめぐる座談会で、彼は「ペロポネソス戦争も悲惨な戦争でした」と発言して、他の出席者をビックリさせました。鶴見さんは、第二次世界大戦だけを見つめるのではなく、人類史全体を俯瞰すべきだと言いたかったのでしょう。

そして極め付きは「貼りつける力」です。鶴見さんはこう話してくれました。

「さまざまな要素を集めて編集された本は、小さな紙片を一枚一枚貼り付けて、大きな貼り絵を描いていくようなものです。一枚の紙片をどこに貼ってもいいようですが、実はここでなくてはという場所がきっとあるはずです。その場所に力一杯貼りつける強さが、絵全体をしっかりまとめていくポイントなのです」。

では、鶴見さんのこういう「力」はどこからくるのでしょうか。「未来の本」についてインタビューしたとき話していたジョン万次郎のことが印象に残っています。鶴見さんによれば、「明治初めからの日本の英語教育は、ほとんど失敗だった」ということです。多額のお金を使い、時間を使い大失敗したということです。

それに対して、江戸時代の、何の学校にも行ったことのない土佐の漁師ジョン万次郎は違っていました。彼は、無人島に流れ着いて、そこでかなり長く暮らした後、アメリカの船に救われます。その時に手真似で、「腹が減ってる」と伝えました。彼には「生き延びたい」という絶大な欲望があったのです。そして次には、アメリカで体を動かして働くことで、全体の作業の中に言葉が打ち込まれる。運動神経の中に刻み込まれていったのです。「絶大な欲望」と「運動神経への刻み込み」、この二つこそ、明治日本ができてから百数十年間、日本の英語教育に欠けているものなのだ、と鶴見さんは言うのです。そこには、日本の学校から落ちこぼれてアメリカに行った鶴見さんの体験も重ねられているのかもしれません。

経済的に豊かになり、インターネットでたやすく情報を得ることが出来る今の時代に、こういうものを持ち続けることができるのかどうか、鶴見さんは問いかけている。僕はそう感じています。

（ＮＨＫテレビ「視点・論点」二〇一五年一二月二四日）

大江健三郎の指の先

大江健三郎の訃報が報じられた時、僕は山の上ホテルの一室で同席していた時のことを思い出していた。

その時、僕は雑誌「ちくま」の編集責任者としてその場にいた。二〇〇三年、長年かかった『大岡昇平全集』が完結したことにあわせての対談を、大江と菅野昭正にお願いしていた。担当編集者が対談の司会を強く固辞したため、仕方なく僕が代役を務めることになった。

無事、対談は終わり、食事が並べられるのを待っている間、手持ち無沙汰な時に、大江が僕の方をじっと見つめて、こう切り出した。

「キミや……、シンボーがやっていることは、こういう風に見えるが（と人差し指を前に出して、目の前にある水の入ったコップのまわりをゆっくりと指でなぞっていった）、実はここを示しているのではないか」とつぶやくように語り終えると指をひっこめた。

「シンボー」とはどうやら南伸坊のことを指しているんだなと気づき、だとするとそこで示したかったのは「路上観察」のことではないかと思い至った。

そういえば一九九八年一二月に、読売新聞の連載エッセイで、少し前に刊行されたばかりの『老人力』について、その本質を鋭く捉えてこう書いていた。

二十一世紀日本語の辞書を自負する『広辞苑』が採用しなかった言葉として、……残念なのが「老人力」です。

今年の成人式でも、全国で、若い日本人にこうあってほしいということで「毅然《きぜん》」とか「凜《りん》と」とかいう言葉がさかんに使われることでしょう。しかし、年をとった人間がこういう時、当人の硬化した特質、つまり老人に表面化する後ろ向きの力しか意味していないことがしばしばあります。

「老人力」はもっとイキな力です。

（大江健三郎「公、おおやけ」『言い難き嘆きもて』講談社所収、より）

さらにさかのぼれば、大江が芥川賞の選考委員をつとめていた時、赤瀬川が尾辻克彦名で書いた「父が消えた」が第八四回芥川賞を受賞したのだが、その選評でこう書かれている。

尾辻氏は画家だが、戦後の絵画の潮流のめまぐるしい変化から、それを文章の世界に移すとあざやかな達成にみのるような、新しい局面をよく見ている人だ。たとえばポップ・アート。在来の短篇の定型をいちいちひっくりかえす細部、構築するかわりに解体するような筋の運び。その尾辻氏の書き方は、短篇というジャンルの「異化」と呼びうるものだ。この言葉がなお一般的でないとすれば、もっとも日常的なものが、いかにも日常的なことを語る文体で書かれ、しかも日常的なものとは正反対のショックをあたえる、そのような書き方の面白さといいかえてもいい。それは在来の短篇に見られぬ特質である。

（大江健三郎「独特さの種々相」「文藝春秋」一九八一年三月号）

これは「トマソン」や「老人力」のことを予見しているのではないか。
僕は「老人力」や路上観察にまで目配りをして「シンボー」の名前を挙げるノーベル賞作家に親しみと深い敬意を覚えたのだった。

（書下ろし）

底ぬけタイトル顚末記《てんまつ》

松下竜一は、一九六九年の『豆腐屋の四季』（講談社）から最後の「ずいひつ」を執筆した二〇〇三年まで、三四年の文筆生活の間に、四四冊の単行本を世の中に送り出した（自費出版は別にして）。版元別にみていくと、冊数が多い出版社は、初期に多くの本を出している朝日新聞社、後期に重要な作品を出している河出書房新社（『松下竜一その仕事』三〇巻という驚異の企画も実現した）がそれぞれ五冊。デビューを飾った講談社が一〇冊。驚くべきことには、僕が勤めていた筑摩書房が一二冊で一位なのだ。そして、そのうちの九冊を僕が担当した。

最初の本は、『五分の虫、一寸の魂』（一九七五年刊）というノンフィクション・ノベルだった。松下はじめ素人七人衆が、「環境権」を掲げて豊前火力発電所建設に反対し、弁護士に頼らずに闘ったユーモラスな法廷奮闘記。これは、僕もスタッフの一人だった雑誌「終末から」に連載されていたものだ。雑誌での担当は僕ではなかった。

ほとんど無名の書き手に連載を依頼したのは原田奈翁雄《なおお》編集長。その頃、森崎和江、石牟礼道子など、九州の記録作家たちに注目が集まっていたが、その中心人物、筑豊文庫の上野英信の推薦があったのだろう。

雑誌が終刊になった後、単行本にまとめる仕事を原田編集長から命じられた。この作品には、いろいろ面白いところがあるのだが、市民運動の記録としてもユーモア小説としても、いま一つ彫りが浅いように感じていた。

そういう僕の気持ちを先取りするかのように、松下は次作「砦に拠る」(「文芸展望」連載)を書き始めていた。これは、下筌《しもうけ》ダム建設反対を掲げ、熊本県の山中に壮大な蜂の巣城を築いて徹底抗戦した、山林地主室原知幸の闘いを克明に描いている。力強い筆致でグイグイと読者に迫ってくるノンフィクションだ。雑誌の担当は柏原成光「文芸展望」編集長だったので、今度は、僕の方から「単行本は担当させて下さい」と手をあげた。

松下は、生涯、病気と闘い続けたが、めったなことでは弱音を吐かない人だったようだ。それでも、仕事の連絡や本の注文のためにこまめに送られてくる葉書や手紙の片隅に記されている近況のほとんどが病気に関わることだった。

「ずっと咳と痰にあえいでいます」

「六月~七月に喀血で一カ月入院しましたが、いまはもう元気です」

「十二月は腎臓結石の激痛にふりまわされて、まったくなにもできませんでした」

「この冬は病気にとりつかれています。首をすくめて、春を待っています」

そもそも、生後まもなく肺炎で危篤状態になり、高熱で右目を失明。高校三年生の時に喀血、肺浸潤（結核）と診断され、療養のため四年かかって高校を卒業する。休学した一年で、文学に親しむ。その後、結核治療のかたわら、一年間の浪人で大学をめざすが、母が急逝したため進学を断念し、父親の豆腐屋を手伝う。

二五歳の時、短歌作りを始め、朝日歌壇に入選する。一九六八年、六年間の入選歌を中心に、短歌と短文で綴った生活記『豆腐屋の四季』を自費出版した。翌年、この本が講談社から刊行されると、緒形拳主演でテレビドラマにもなり、一躍人気者になる。

ところが、七二年、松下が豊前火力発電所の建設に反対する運動を始め、翌年、機関誌「草の根通信」を刊行するようになると、世間の目は変わってきた。「豆腐屋の孝行息子」から「お上に逆らう嫌われ者」へと松下のイメージが一変していったのである。『砦に拠る』（七七年刊）には、こういう時期の、松下自身の姿も投影されていた。そして、これが、『ルイズ——父に貰いし名は』（講談社、八二年刊、第四回講談社ノンフィクション賞受賞）をはじめとする、孤立して闘う者の哀しみに肉薄するノンフィクションの数々を生み出していく始まりでもあった。

松下竜一という作家に興味を覚えた僕は、これまでの作品を振り返って読んでみた。すると、どこの出版社からも相手にされず自費出版したという二冊の小説集、『人魚通信』（七一年刊）、『絵本切る日々』（七二年刊）が心に残った。これらの掌編は、松下の身辺を描きながら、そこに細やかな時めきや煌めきが加味されている。一編一編は短いけれど読後に残る余韻は格別のものがある。そこで、松下と相談し、この二冊に収録されている掌編から一九編を精選し、漫画家の永島慎二の挿絵を加えて、『潮風の町』（七八年刊）として刊行した。

その後、第三子（杏子さん）誕生前後を描いた児童小説『ケンとカンともうひとり』（七九年刊）、短歌に託して反戦の思いを母から娘へ伝えるノンフィクション『憶《おも》ひ続けむ』（八四年刊）も担当させてもらった。

九五年秋、松下から久しぶりに原稿の束が送られてきた。「草の根通信」に毎号掲載している身辺雑記「ずいひつ」を集めたものである（九〇年七月～九五年六月）。吹く風や川面の輝きに心奪われ、深夜の流れ星に夢を託し、細やかな旅行に心躍らせる。そこには『豆腐屋の四季』、『潮風の町』以来、基本的に変わらない、病気がちな一家の主と、貧しいけれど、明るく力強く生きている周囲の人びとの姿が活き活きと描かれていた。

この「ずいひつ」をまとめた本は、『いのちき　してます』（「ずいひつ」七五年二月～八〇年一二月、三一書房、八一年刊）、『小さな手の哀しみ』（八一年一月～八四年四月、径書房、八四年刊）、『右眼にホロリ』（八四年七月～八八年一月、径書房、八八年刊）の三冊がすでに刊行されていたが、売れ行きは芳しくなかった。それでも、時を経て、ひとときわ味わい深くなった松下の文章を読んでいると、僕は何としてでも出したいと強く思った。そこで、本作りにかかる経費をとことん切り詰めて、その頃の文芸書の最小初刷部数三〇〇〇部でも、それなりの定価がつくように工夫した。しかし、その努力も限界に突き当たってしまう。もう削るところなど、どこにも見当たらなくなったのだ。

そこで、「草の根通信」の定期購読者を始め、松下の本を、直接買ってくれる人たちがいることに期待して、松下にあらかじめ五〇〇冊を買う約束をしてもらい、初刷を三五〇〇部にした。こうして、この手の四六判並製のエッセイ集としてはギリギリの定価一六〇〇円（税別）にすることができた。

こんなに面白い本なのだから、手に取ってもらい、この文章に触れてくれれば、必ずや多くの読者に感動を与えることになるはずだ、と僕は考えた。そのためには、装画と書名が大事だ。装画は日本画家の高瀬省三に依頼して、夕焼けの海辺で一家がたわむれる心暖まる姿を描いてもらった。問題は書名である。松下が原稿に添えてきた書名は、こういうものだった。

「売れない作家の散歩三昧」

「どっこい生きている」

「売れない作家」、「どっこい」は、いかにも松下竜一らしいが、ややひがみっぽい印象になるのは得策ではない。そこで、本文をじっくり読み返していった。その時、気になった言葉がふたつあった。ひとつは「ビンボー」、もうひとつは「底ぬけ」。「ビンボー」は「貧乏」の切羽詰まった暗い感じと違って、貧しさをそれなりに楽しんでいる気がする。また、「底ぬけ」も、この一家と周囲の人たちの明るさ、温かさを表現する言葉としてはピッタリだと思った。そこで、この二つの言葉を組み合わせたものをメインに、本文中に出てくる言葉を拾いながら、こんなタイトル案を十いくつか並べて送った。

「底ぬけビンボー暮らし」
「底ぬけビンボー生活」
「底ぬけビンボー三昧」
「ビンボー暮らしの四季」
「浮世離れビンボー生活」
「明るいビンボー」
「カモメのおじさんの四季」

僕は、「底ぬけ」と「ビンボー」の組み合わせしかないと思っていた。それでも、松下はビンボーが前面に出ることに抵抗があるようで、こういう返信が届いた。
「『底ぬけビンボー暮らし』は、羊頭狗肉の感じで気がひけます。やっぱり、底ぬけのビンボーとなりますと、食うや食わずといったイメージのはずで、さすがに、その線には達していませんので……」

そして、彼の対案として書かれていたのは、こういうものだった。

「カモメを連れて河口をゆけば」
「かろうじて作家です」

僕は、「底ぬけ」と「ビンボー」の明るさを再度強調して、「『底ぬけビンボー暮らし』に決めます」と一方的に通告してしまった。電話のむこうで苦笑している松下の姿が目に浮かんだ。

松下は「ちょっとしたあとがき」で「あとは松下センセの現実が〝明るいビンボー〟から〝暗い貧乏〟へと暗転しないことを祈るのみである」と不安を表明していた。

いざ、本が出ると、「週刊文春」、「毎日新聞」など、いろんな新聞、雑誌からインタビューの申し込みが相次ぎ、好意的な書評も次々に掲載されていった。

例えば、井上ひさし、松山巖、井田真木子の三人が雑誌「本の話」（文藝春秋、一九九七年三月）に連載していた「鼎談書評」にも取り上げられた。

まず、井田が「とにかくその貧乏生活ぶりが楽しくて、でもそれは松下さんの言葉による楽しい貧乏なんであって、実は苦しいと思うんですけども（笑）。言わば、『うっとりするほど貧乏なお話』というところでしょうか」と紹介してくれた。

松山は「僕なんか、身につまされることばっかりです（笑）。物書きがいかに貧乏か。……最初は、そういう貧乏自慢かと思って読んでたんですが（笑）、実は夫婦愛とか友情とか、いまどきこんなに、ほのぼのとする話はないと、井田さんが言うとおり、うっとりしちゃう」と盛り上げる。

そして、井上が、「僕がテレビのライターかプロデューサーだったら、これを今すぐドラマにしますね。ただの貧乏は沢山ありますけど、志のある貧乏でしょう（笑）。貧乏を手玉に取ってる。筋の通った由緒正しい貧乏なんですよ」と大絶讃してくれた。その頃、井上と電話で話すことがあり、題名についてのやりとりのことを話すと、「『かろうじて作家です』はとてもいいタイトルだと思いますよ」と言われてしまった。

また、川本三郎は、僕宛の葉書にこういう感想を寄せてくれた。

「私もいっぱし貧書生を気取っていましたが、上には上というか、すごい人がいるものだと驚きました。こういう『明るいビンボー』はいいですね」

蓋を開けてみると、『底ぬけビンボー暮らし』は、驚くほどのスピードで売れていくではないか。松下があらかじめ購入した五〇〇冊は、すぐに売れてしまい、二〇〇冊、さらに二〇〇冊と追加注文がきた。当然、三五〇〇部では足りるはずもない。二刷、三刷と版を重ねて、最終的には七刷一万一五〇〇部にまで達した。

それまでは、年収二〇〇万円前後だった松下さんも、この年には年収四〇〇万円を超えた。その結果、長者番付発表の記事にあわせて報道されてしまった。（ただし、その翌年には二〇〇万円に戻ったことは言うまでもない。）

この後、「草の根通信」も「ずいひつ」も続いていったので、一冊分たまると単行本にまとめていった。次の本の時も「作者としては勘弁してほしいタイトルだが、編集者が《絶対にこれだ！》とひらめいたとあっては反対できない」（「著作自解」より、『図録松下竜一その仕事』）ということで『本日もビンボーなり』という書名に決定した（「ずいひつ」九五年七月〜九七年一〇月、九八年刊行）。さらに次の時も、『ビンボーひまあり』と「ビンボー」でいくことにした。松下さんは、もう抵抗することはあきらめたようだった（「ずいひつ」九七年一一月〜二〇〇〇年三月、二〇〇〇年刊）。

さらに次の本の時には、これ以上苦笑いをさせるのは気の毒だと思い、松下さんの気持ちに添ったタイトルにしようと提案して『そっと生きていたい』に決定した（「ずいひつ」二〇〇〇年六月〜〇二年一月に「西日本新聞」、「朝日新聞」西部本社版連載の文章を加えて一冊にまとめた、〇二年刊）。これらの三冊も、僕が担当させてもらった。（ちなみに、「ずいひつ」は二〇〇三年六月五日「草の根通信」第三六七号に発表の「山里からの便り」が絶筆になったという）。

ところで、松下はもっぱら中津にいて、めったに上京することもないので、お目にかかることは少なかった。ただ、一度だけお宅を訪問し、一家の温かい暮らしぶりに接することができた。寡黙な松下が、近くを案内してくれたことも、とてもいい思い出になっている。

（松下竜一『底ぬけビンボー暮らし』講談社文芸文庫二〇一八年・解説）

「王様のブランチ」効果

「哲ちゃん」コーナーで取り上げた本

僕は、一二年半続けたＴＢＳ系テレビの情報バラエティ番組『王様のブランチ』のコメンテーターを九月で降板した。最後の出演の時、ＭＣの優香が「哲ちゃんに出会っていなかったら、本を読んでいなかったと思います」と目元を潤ませて語りかけてくれた。

この番組の本コーナー、始めは「ゴルゴ13は何発撃ったか？」とか「京極夏彦本の厚さ比べ」など、本をネタにした面白情報を伝えるものだった。そこで、僕が本を紹介したいと提案し、「気になる1冊」コーナーができた（名称は「ブックナビ」「松田チョイス」と変わった）。

そのうち、この番組の僕のコーナーで取り上げた本の中には、急速に売り上げを伸ばすものもあり、出版界の注目を集めるようになった。もちろん、地上波テレビで本の紹介を続けていたほとんど唯一の番組だったことは大きい。しかし、それだけではない。僕やスタッフが試行錯誤を重ねて作ったスタイルにも意味があった。

まず、取り上げるのは小説を中心にした。読者には、外見だけではどんな話で、買って読む価値があるか判断しにくいからだ。しかし、映画のように効果的な映像はないし、下手な再現映像では興醒めだ。結局、自分の言葉で表現するしかないが、しかし与えられた時間はわずか一分から三分。しかも、こういう番組の場合、視聴者が真剣に聞いているわけではないので、言葉は届きにくい。だが、不思議なことに気持ちだけは届くことに気がついた。そこで、読んで感じたことを率直に伝えるように努力した。

視聴者に気持ちがしっかり届く

こうして、回を重ねていくうちに、しっかり届く言葉を使った時には売れ方が顕著に違っていることに気がついた。その一つは「ベスト1」「ナンバー1」。日本人はランキング好きで、一位ぐらいは読もうという心理が働くのだろう。『朗読者』(二〇〇〇年)、『博士の愛した数式』(〇三年)、『一瞬の風になれ』(〇六年)などはそうだった。もう一つは「泣いた」「涙が流れた」。短い感想の中に感情を込めようとすると、この言葉が一番強い力を持っているようだ。『半落ち』(〇二年)、『クライマーズ・ハイ』(〇三年)、『食堂かたつむり』(〇八年)などがそうだった。そして、この二つの言葉を同時に使うと、想像を絶する売れ行きを示した。その最初は『永遠の仔』(九九年)で、紀伊國屋書店パブライン・データで、前日比約六倍の四六六冊売れた。さらに、『その日のまえに』(〇五年)では、同データで、前日比二八倍の二三三冊売れた。この時は、放送後数時間で、放送エリアの店頭からこの本が消えた。

もちろん、僕の拙いコメントだけでは視聴者の心には届かない。そこに出演者のコメントが重なることで、ビッグヒットになるようだ。『永遠の仔』の時には関根勤、寺脇康文などが、『その日のまえに』の時には優香が強烈にプッシュしてくれた。近年は、司会の谷原章介、優香などが感想を熱く述べてくれ、それが起爆剤になっている。今年の「松田チョイス」のセールス効果データでは、優香がコメントした本が上位を占めている。とりわけ『星守る犬』は、彼女が「涙が止まらなかった」と語った本で、評論家の大森望が「優香が泣くと一〇万部」と論評していたことを証明している。

僕がタレント、スタッフの皆さんと作ってきた「松チョイ」コーナーは終わった。ちょっと寂しい気持ちもあるが、これからも「ブランチ」が読者に本を薦める良き情報源として機能してほしいと願う。

〈付記〉

「王様のブランチ」で取り上げると、その本はよく動くというので、大型書店などから「事前に情報をもらえないか」という問いあわせが来るようになった。そこで、毎週木曜日までに「蔵前どすこい通信・番外編」としてＦＡＸ通信で約二〇〇店に送信していた。イラストは、当時、「ブランチ」のＡＤだった平佳美に描いてもらった。

（「オリコンビズ」二〇〇九年一〇月「松田哲夫の出版界観察記」第13回）

今週の
王様のブランチ
TBS

発信●筑摩書房 松田哲夫

9月29日(土)出版コーナー
岩手県文学散歩

久しぶりに、恵俊彰さんと岩手県に行ってきました。

石川啄木と宮沢賢治ゆかりの地を訪れました。
＊啄木 ― 玉山村(渋民)の記念館、盛岡城址公園など。
＊賢治 ― 花巻の賢治記念館、大沢温泉など。
台風接近中という緊迫した状況下でのロケでしたが！とても楽しい撮影でした。


さて、「王様のブランチ」のスタートから5年半、出演してきましたが、この日で「卒業」することになりました。「出版コーナー」もなくなります。長い間、お世話になりました。

(この日のVTR中でお別れのメッセージを語っています。)


そして、最後の……

《哲ちゃんの気になる一冊》
◎宮本常一『忘れられた日本人』(岩波文庫)
この中にある「土佐源氏」は、元馬喰の色ザンゲですが、僕にとっては、最高の恋物語であり、心洗われる話です。

5年半、ありがとうございました。

筑摩書房営業部 蔵前どすこい通信 番外編 Tel:03-5687-2680

中西新平さま

2009年8月22日(土)

＜総合ランキング＞ (ジュンク堂書店池袋本店調べ・8/10〜8/16)
① 磯崎憲一郎『終の住処』(新潮社)
② 上橋菜穂子『獣の奏者Ⅲ探求編』(講談社)
③ 上橋菜穂子『獣の奏者Ⅳ完結編』(講談社)
④ 村上春樹『1Q84　BOOK1(4月−6月)』(新潮社)
⑤ 村上春樹『1Q84　BOOK2(7月−9月)』(新潮社)
⑥ 石田衣良『ドラゴン・ティアーズ――龍涙』(文藝春秋)
⑦ 平子理沙『Little Secret』(講談社)
⑧ 香山リカ『しがみつかない生き方』(幻冬舎)
⑨ 加藤陽子『それでも、日本人は「戦争」を選んだ』(朝日出版社)
⑩ 福岡伸一『世界は分けてもわからない』(講談社)
＜(『獣の奏者』は) Ⅰ・Ⅱも迫力満点の素晴らしいファンタジーでしたが、このⅢ・Ⅳは、さらにスケールアップしていて、終始、圧倒されっぱなしでした。特にクライマックスシーンでは涙が滂沱と流れて止まりませんでした。世界のファンタジーに肩を並べる大傑作だと思います。＞

＜特集・「JUNON」＞
◎「JUNON」(主婦と生活社)
8月22日発売予定の「JUNON」10月号の撮影風景に密着しました。今回は、昨年のJUNONボーイコンテストファイナリストの11名による海での撮影です。テーマは「JUNON夏恋☆告白！」。グループデート風に遊んでいたり、男同士で遊んでいる様子が思春期の女の子にとってはまぶしく映る、というイメージだったりします。グランプリを受賞した市川知宏くんを始め、JUNONボーイに撮影への意気込みや感想を聞いたり、編集者・カメラマンに撮影のコツやどうしたらいい表情が引きだせるのかなどをインタビューしました。

＜今週の松田チョイス＞
◎佐藤正午『身の上話』(光文社)
色んな意味で、とんでもない小説、佐藤正午さんの『身の上話』です。

＜人生にも必ず岐路はあるのか、ところどころで判断・選択はできるのか……。地方都市で書店に勤める古川ミチルは、月に一回出張でやってくる出版社の販売部員を見送るつもりが東京まで一緒に行ってしまう。彼女は職場の先輩たちに頼まれて購入した宝くじを持っている。23歳になるまで特筆することのない人生を送ってきた彼女が、普通には滅多に起こりえない出来事の渦中へと巻き込まれていく。＞
＊松田の一言＊「胸のドキドキが止まらない！」
これは心理的ホラーともいうべき作品ですが、まず、語り口のうまさに圧倒されます。「土手の柳は風まかせ」という成りゆき任せの性格である主人公ミチルの驚くべき人生に、アッという間に引き込まれてしまいます。何といっても、伏線の張り方が憎らしいほど鮮やかなんです。さまざまな伏線は、どんどん繋がっていって、とんでもない幸運と不運がやってきます。気がつくと読者は作者が用意したジェットコースターに乗せられて、ハラハラドキドキすることになるんです。そして終盤、このお話の「語り手」が登場してきて、アッと驚く真実が明らかになる。まさに、作者の仕掛けた壮大な企みにまんまとはめられてしまった、そんな気持ちになります。小説という作り話の面白さをとことん楽しませてもらえる一冊です。

＜来週以後の「ブランチ」は？＞
8月29日　＜特集＞ 上半期BOOK界ムーブメント
9月5日　＜特集＞ 川上未映子『ヘブン』(講談社)
　＜松チョイ＞ 今野敏『同期』(講談社)

先日は、急にお邪魔しました。

FAXを活用されているようで、うれしかったです。

ご一緒の食事も楽しかったです。

また、お目にかかる日をたのしみに…

発信●筑摩書房 松田哲夫 蔵前どすこい通信 番外編
筑摩書房営業部 Tel:03-5687-2680 http://www.chikumashobo.co.jp

今週の
王様のブランチ
TBS

10月28日(土)
出版コーナー

＜東京文学散歩・文豪が愛した味＞
◎『明治の文学・14巻・森鷗外』(筑摩書房)
◎『文豪の愛した東京山の手』(JTB) ― 無縁坂
◎森於莵『父親としての森鷗外』(ちくま文庫) ― 「伊豆栄」(うなぎ)
◎永井荷風『日和下駄』(講談社文芸文庫) ― 不忍池
◎永井荷風『摘録・断腸亭日乗』(岩波文庫) ― 「アリゾナ」(洋食)
◎芥川文『追憶芥川龍之介』(中公文庫) ―― 田端
◎『芥川龍之介全集1巻』(ちくま文庫)
◎嵐山光三郎『文人悪食』(新潮文庫) ― 田端文士村(「うさぎや」(最中))
雨宮朋絵ちゃんと一緒に、文学と味覚の散歩を楽しんできました。朋ちゃんは、ブランチきっての「本の虫」。先日も、『明治の文学・樋口一葉』を一冊読了して、「頭の中で文語体で会話している」との名コメントを語ってくれました。

＜哲っちゃんの気になる一冊＞
◎佐藤正午『ジャンプ』(光文社)
ある夜、リンゴを買いに出かけた恋人が失踪した。少しずつ足跡はみえてはくるものの、謎はふかまるばかり。殺人はもちろん事件すらおきないストーリーなのに、ラストの意外性と、人間心理の描写の巧みさで圧倒される

発信●筑摩書房 松田哲夫
蔵前どすこい通信 番外編
筑摩書房営業部 Tel:03-5687-2680

8月21日(土)
《本のコーナー》

＊特集・文学散歩―越後湯沢編＊

発信●筑摩書房 松田哲夫

川端康成生誕100年にあわせて、越後湯沢では『雪国』にちなんだ展示、イベントなどが行われている。

私(松田)が恵さんを案内するかたちで『雪国』の舞台を歩きつつ作品を紹介します。

(恵＋松田のコントあり。はたして笑えるか？)

『雪国』は新潮文庫を持って歩いています。
＊哲ちゃんの気になる一冊＊
『雪国』にちなんで温泉文学を紹介します。
嵐山光三郎『ざぶん』(講談社)
明治から大正の作家たちが、温泉を舞台にくりひろげるドラマ。明治・大正文学史を、いきいきと動く登場人物たちを見ながら知ることができる傑作。『坊ちゃん』『伊豆の踊子』などの背景もわかります。

筑摩書房営業部
Tel:03-5687-2680
蔵前どすこい通信 番外編

第四章　人を集めて何かを編む

赤瀬川原平と「美術手帖」

二つのオープニング

二〇一三年の一月二六日、広島市現代美術館で「路上と観察をめぐる表現史展」のオープニング・レセプションが開かれた。僕たち路上観察学会の足跡、今和次郎のスケッチ、岡本太郎の写真など見所満載の展覧会だった。

ただし、カタログに掲載されていた若手の論客の文章には、何を言わんとしているのか理解できないものもあった。一方で、素直な文体で書かれた、切れがいい文章にも出会った。キュレーターの松岡剛に、そういう感想を洩らすと、「ちょうど、その人、来ています」と紹介してくれた。それは美術評論家の福住廉だった。

美術で福住というと、かつて「美術手帖」編集長だった福住治夫を連想した。「ご存じですか?」と尋ねると「父です」という答え。それから、いろんな話をして別れる時、「赤瀬川さんに今のうちに会っておくといいよ」とすすめておいた。その頃、赤瀬川は大病を二つ経験し、無理の利かない体だったので、広島には来られなかった。

二〇一四年の一一月一日、千葉市美術館では「赤瀬川原平の芸術原論展」のオープニング・レセプションが開かれた。その六日前にこの世を去った本人の代わりに、僕たち（南伸坊、山下裕二）が挨拶した。僕は赤瀬川の絶筆エッセイを読み上げた。病床で謎々を楽しむ話で、文末に「やっぱり人間は笑ってこそのものなのだ」と書かれている。でも、その笑顔をもう見ることができないのかと思うと涙がこみ上げてきた。

挨拶が終わり、歓談になると気持ちも落ち着いてくる。会場を眺めると、山口晃、会田誠の姿が見える。路上観察学会の面々、美学校の生徒たちなど、懐かしい顔も並んでいる。沢山の人たちの間からヒョイと顔をのぞかせ、目で挨拶した人がいた。福住治夫だ。その時、かつて「美術手帖」を舞台にして赤瀬川や僕が演じた様々な出来事が活き活きと蘇ってきた。

ハイレッド・センター

赤瀬川は一九六〇年代に、肉体派のネオ・ダダ、知性派のハイレッド・センターというタイプの違う前衛芸術グループに参加した。そして、ハイレッド・センターの結成には、「美術手帖」が重要な役割を果たしている。赤瀬川、中西夏之の二人が出会ったのは、六一年八月号に掲載された座談会「若い冒険派は語る」。他の座談会出席者は、荒川修作、伊藤隆康、工藤哲巳の三人だった。

座談会当時、赤瀬川は二四歳、中西は二五歳、こういう若者たちに誌面を提供しているのは驚きだ。しかし内容は、よくある若者の背伸びした議論といった感じはぬぐえない。その中では、中西の話のシャープさが際立っている。いきなり「銀行襲撃」を例にして語りだし、後々までこだわった「内部触覚」へと進むのだから。その他、工藤の発言も目立つ。さすが、六〇年安保闘争の政治集会で、「いまやアクションあるのみ！」と叫び、喝采を浴びた人だ。

赤瀬川は、断片的な言葉だけなので、何が言いたいのかわからない。ただし、作品の素材が話題になったとき、「僕自身の目標を引きだすために一冊だけの絵とき本を作った」と語っている。その本、どういうものか見てみたい。

赤瀬川の思い出話によると、「落ち着いたふりして煙草を吸いながら、消そうとしたら手が震えて、灰がこぼれちゃった。……そうしたら中西がニヤッと見てね。その灰をすっとつまんで灰皿に入れた」という。座談会が終わった後に喫茶店に行ったら、中西が赤瀬川に「こういう晴れがましい席で一緒になったんだから、これから友達になるってことはないと思うけど……」と話しかけたそうだ。

ちなみに、ハイレッド・センターは、「美術手帖」六三年一〇月増刊号「日本の美術はどう動いたか——アンフォルメル以後」誌上に、美術出版社屋上で行われた〈ロプロジー〉という作品を紹介している。

福住編集長とシラケの時代

一九六〇年代は、政治的には七〇年安保、芸術文化的には大阪万博、守るも攻めるもこの大目標があることで活性化することができた。ところが一九七〇年が過ぎると、にわかに世の中全体に「シラケ・ムード」が蔓延していった。

そういう時期、七一年六月号から福住治夫が「美術手帖」編集長に就任する。

その号の目次を見ると、奇しくも、ヨシダ・ヨシエの連載「戦後前衛所縁の荒事十八番」は「狂乱の〈ネオ・ダダ〉」であり、足立正生インタビュー「赤瀬川原平――ススメ！　野次馬軍団」、それに僕の人生初書評「『粟津潔デザイン図絵』『横尾忠則全集』」が並んでいる。皮肉なことに、同時代に「SD」で千円札事件を批判した坂崎乙郎の連載もある。

この頃の美術界では「美術の廃棄」論が出てきたりして、若い連中はものを作らなくなっていた。福住は、前任の宮澤壯佳《たけよし》編集長のようにポップカルチャー、サブカルチャーを扱うわけにもいかず、とまどっていた。七一～七三年の特集などを眺めてみると、「都市への挑戦」「複製の時代」「写真と芸術」「フィルムとヴィデオ」「メディアと記号」といった言葉が並んでいる。大事なテーマだが未成熟の感が否めない。

新編集長は「今は転換期なんだ、これから何かがはじまるんだ」と考えた。そこで、「何か」があった六〇年代前半、戦後前衛芸術の華やかだった時代を振り返ることにした。そして八月号には、石子順造の「ハイレッド・センターにみる美術の〈現代〉」など、一〇月号には、特集「集団の波・運動の波」として、今泉省彦の「ハイレッド・センターにふれて」」、「千円札裁判における中西夏之証言録(1)」などを掲載している。福住治夫という人は、いかにもせっかちな性格だったが、この場合は、それが裏目に出たようだ。「早すぎる総括」は読者には不評で、雑誌の部数はがた落ちになったという。しかし、おかげさまで、「六〇年代前衛の再評価」のための貴重な資料を残してくれたことには感謝したい。

「壮烈絵巻　日本芸術界大激戦」

福住編集長の戦後前衛芸術の回顧は、一九七二年四〜五月号の「年表：現代美術の50年」で頂点に達した。赤塚行雄、刀根康尚、彦坂尚嘉という世代の違う三人の編で作業は進んでいった。後で聞いた話だが、この時、基礎資料としていちばん役に立ったのが、赤瀬川が所持していた同時代の展覧会の案内状だったという。普通の人は、自分とごく親しい友人のものぐらいしか残していない。ところが、赤瀬川は、有名無名を問わず、手元に届いた案内状をほぼ全部取っておいたというのだ。

年表のような仕事は、正確さを求め出すときりがない。そして、見た目には地味なものにならざるをえない。そこで、編集長は「何かドカンと……色のついたヴィジュアルなものをほしい」と考え、赤瀬川に白羽の矢が立つ。赤瀬川は南伸宏（伸坊）と僕に「一緒にやろう」と声をかけた。南と僕は七一年二月号の劇画特集で折り込みのヴィジュアル「劇画年表」を作成していたが、この三人が組んで仕事をするのは、初めてだった。

僕がごみの日に拾った「少年倶楽部」昭和一二年附録「壮烈絵巻　日本海大海戦」のパロディとして、「壮烈絵巻　日本芸術界大激戦」を合宿して描いていった。一番目の見開きは五〇年代の前衛美術。二番目は具体と九州派。三番目はネオ・ダダ。四番目は読売アンデパンダン展。五番目は草加次郎とチ-37号ニセ札事件で、これをさらに開くとハイレッド・センター。六番目はキネティック・アート、オプ・アートなど。七番目が大阪万博。最後がコンセプチュアル・アート。それぞれの時期の作家と作品、時代背景などを描き込み、そこに赤瀬川の視点による批評を加え、パロディ的な要素も加味して、現代日本美術史に詳しければ詳しいほど面白い絵巻ができあがった。あとから見直すと、わからない人のためにもっと親切にするべきだった。赤瀬川は「それぞれの人物の名前くらいは入れておけばよかった」と反省していた。

「凸凹芸術」の発見

「美術手帖」一九七二年五月号に発表した「壮烈絵巻　日本芸術界大激戦」の制作のために、赤瀬川、南、僕の三人は、四ツ谷駅近くの旅館、祥平館とさくら旅館で合宿した。祥平館に泊まっていた時、昼食を食べに出かけた。旅館から歩き出した時、三人のうちの一人が側壁にある小さな階段を登り、そのまま降りて、首をかしげている。この階段は、上ったところに入り口などがなく、そのまま空しく下りるしかない。

僕たちは、瞬時にそれを芸術のようなものとして認識した。というのも、僕たちはその頃、町を歩きながら、「現代芸術ごっこ」をしていたからだ。工事現場の穴と盛り土を見て「現代芸術！」、電信柱や材木が積まれているのを見て「現代芸術！」、当時の美術界で流行りだしていたコンセプチュアル・アートやもの派を揶揄するつもりだった。そういう下地があった上に、戦後美術の歩みをビジュアル化するモードにはいっていたのが、この「純粋階段＝四谷階段」を発見しやすい境地へと導いたのだろう。

発見時には、こういう存在について、正式な命名がなされていない。「写真時代」一九八一年九月号から連載した「発掘写真」が「超芸術トマソン」に変化していく過程で、命名と位置づけがなされた。ところが、もっと早い時期に位置づけもなされていることが明らかになった。後に「トマソン」と名付けられたものは最初は「凸凹（でこぼこ）芸術」と呼ばれている。

「実は日本の芸術界の方でもはじめは気がつかなかったが、つい最近東京のあちこちの街の中で、時々ヘンな格好のものが浮いたりもぐったりするのを見かけた。よく調べると、それが凸凹芸術なんだ」。

これは「壮烈絵巻　日本芸術界大激戦」の巻末に掲載されている、馬オジサンと泰平小僧（赤瀬川の漫画作品「櫻画報」の登場人物）の対話「芸術少年よ！　驚くなかれ！」の一部。四谷階段発見の半月以内に、赤瀬川によって書かれたものだ。この絵巻に秘められた一番大事なメッセージが、「凸凹芸術」だったとは……。

「資本主義リアリズム講座」

赤瀬川、南、そして僕の三人が凝りに凝って作成した「壮烈絵巻　日本芸術界大激戦」は、やや高踏的なところもあったが、「一部読者に好評だった」。そこで、「福住治夫編集長は、「この絵巻に味をしめて、ここらでまた、色ものを」と思い立ち（福住治夫「赤瀬川原平と七〇年代『美術手帖』」「文藝別冊・赤瀬川原平」二〇一四年）、赤瀬川に連載の依頼をした。

純粋階段＝四谷階段（写真　赤瀬川原平）

赤瀬川は、美学校での授業にも慣れてきた一方、「櫻画報」的なパロディ作品は先細りしていた。そこで、美学校＋櫻画報という連載を考えていたようだった。

「資本主義リアリズム講座」は、一九七三年三月号に「開講予告」が載り、翌四月号から本文（二色刷り）一六ページ、パロディ広告一ページの連載が始まった。この連載の扉には「小使＝松田哲夫」「給食係＝南伸宏」とある。南は給食のページで名画のパロディなどを描いていたが、僕はほとんど何もしていなかった。その頃、僕は筑摩書房で「終末から」という雑誌を編集していて、井上ひさし「吉里吉里人」、赤瀬川「虚虚実実実話櫻画報」、野坂昭如などを担当していたから、多忙だった。

連載開始当初は、赤瀬川自身、何をやればいいのか迷っていた。例えば、「芸術はカキである」論は、単なる駄洒落で終始し、鈴木志郎康との言葉遊び「容共的」も、「現代詩手帖」連載「面白全部」で駄洒落を連発した時のパワーはない。鈴木はじめ、谷川雁、嵐山光三郎などゲスト講師に頼っているのも、赤瀬川らしくない。

僕は、この連載を物足りなく感じていた。当時、僕が書いた「資本主義リアリズム講座」というメモがある。そこには、よりリアルなテーマが列記してあった。「①警察バンザイ（警察リアリズム）手配書、日常勤務、過激派狩り、②紙幣ニセ札列伝、キャッシュレス、記憶模写、③選挙 泡沫候補、宮武外骨、④順法、軽犯罪、⑤新興宗教、持病、右翼……」。

第二次千円札事件

「資本主義リアリズム講座」に物足りなさを感じていたのは僕だけではなかった。「美術手帖」の編集担当者出村弘一も同じだった。彼は赤瀬川に「資本主義リアリズムというからには、ちゃんと千円札の問題を通ってほしい」とはっきり言った。

赤瀬川はその言葉に応えて、一九七三年七月号の第四回から「紙幣類纂」を始める（このタイトルは宮武外骨『私刑類纂』のもじり）。やはり、千円札事件以来、さまざまな角度から考察を加えてきたテーマなので、誌面にはほどよい緊張が感じられる。

第四回は、荒木経惟、木村恒久、滝田ゆう、高松次郎などの有名人、無名人の描いた「千円札の記憶模写」を紹介している。第五回は、記憶模写の続きで、大蔵省印刷局の人の驚くべき正確な作品、上野公園の浮浪人のかわいらしい作品、さらにはつげ義春、佐々木マキ、水木しげるなどの作品が紹介される。

そして、第六回は、まず、お札の肖像画の人物たちが昼寝しているのどかな絵が続く。そして、後半には「国家に捧げるコンセプチュアル・アート」または「ダレにも出来ない楽しい工作」として、千円札を二つに分けて、原寸で墨一色で刷ってある。そして、切り抜いてノリシロで貼り合わせると犯罪になる、とくどいまでに注意している。

この号が出て二カ月ぐらい経った頃、驚くべきニュースが飛び込んできた。あの千円札を貼り合わせて使った川崎の大工さんが逮捕されたというのだ。赤瀬川も福住編集長も取り調べられ、書類送検されるが、最終的には不起訴処分になる。

いわゆる「第二次千円札事件」は刑事事件にはならなかったが、関係者には大きな影響を与えた。「資本主義リアリズム講座」は「通貨不安を引き起こした」と第八回までで中止となり、福住編集長は更迭された。

第一次千円札事件をはさんで前衛芸術家からパロディストになった赤瀬川原平は、第二次千円札事件を契機にパロディストから小説家に変身していった。

未来につながる赤瀬川ワールド

雑誌での赤瀬川特集は六回ある。

「GQ」一九九五年二月号「赤瀬川原平ワールドで遊ぼう!」
「太陽」九九年九月号「赤瀬川原平の謎」
「美術手帖」二〇〇四年八月号「芸術家・赤瀬川原平」
「文藝別冊」一四年一〇月刊「赤瀬川原平」
「アックス!」一四年一二月刊「赤瀬川原平追悼企画」
「芸術新潮」一五年二月号「超芸術家　赤瀬川原平の全宇宙」

である。

この中で、「美術手帖」だけが異色だ。まず、他の特集は、なぜその時に編まれたのか、理由がはっきりしている。「GQ」は名古屋市美術館での展覧会、「太陽」は『老人力』の大ヒット、「文藝別冊」は千葉市美術館などでの展覧会、「アックス!」、「芸術新潮」は逝去だ。それに対して、〇四年は、特別なにかがあった年ではない。

もう一つ、執筆者が異なっていることだ。赤瀬川は、ネオ・ダダをはじめ多彩な人たちと集団を作ってきた。ところが、「美術手帖」には、こういう人たちは執筆していない。他の特集すべてに登場している僕や南伸坊はもちろん、山下裕二もいない。

一方で、執筆者の生年は、椹木野衣《さわらぎのい》(一九六二年)、新川貴詩(一九六七年)、石井芳

征（一九七四年）、特集関連記事の中ザワヒデキ（一九六三年）、小田マサノリ（一九六六年）と、僕や南（一九四七年）、山下（一九五八年）よりも若い。本文で紹介されている、ハイレッド・センターの再現イベント「大阪ミキサー計画」の参加者も、村上隆（一九六二年）、中村政人（一九六三年）、中ザワ、小沢剛（一九六五年）と、全員、六〇年以後の生まれだ。

六〇年は、ニューアカ全盛の時代に「旧人類」と「新人類」を分ける年とされていたが、確かに何かの節目ではあるようだ。赤瀬川を偲ぶ会に出席していた会田誠（一九六五年）、山口晃（一九六九年）をはじめ、六〇年以後に生まれた世代が、近年、日本の芸術シーンに活気を与えている。さらに、彼らは、赤瀬川の前衛芸術やトマソン・路上観察などに強い関心を抱いている。そういう意味では、「美術手帖」の特集には、赤瀬川からバトンを受け継いで、それを未来につないでいこうという動きの始まりを予感させられる。このリレーはどこまで続くのか。五〇年後、一〇〇年後が楽しみだ。

（「美術手帖」二〇一五年一～八月）

路上観察学への招待

街を歩くのに理屈はいらない。軽やかな足どりと旺盛な好奇心があればいいのだ。しかし、都市というヒトやモノの洪水の中から、面白いものを探しだそうと思ったら、少しばかり目玉の鍛練が必要だ。それには、まず、なるべく沢山歩くことが一番なのだが、ただ闇雲に歩いていても、目玉が活性化するわけではない。時には、秀れた都市ウォッチャーたちの目玉の動かし方に学ぶことも必要らしい。

考現学を始祖と仰ぐ路上観察学会

僕たちは、一九八六年六月、東京神田の学士会館前路上で「路上観察学会」なるものの発会を宣言した。この「路上観察学」というのは、関東大震災後、復興期の東京で、バラックのスケッチから街の観察を始めた今和次郎・吉田謙吉による「考現学」を始祖とする、都市の学問だ。

この学が対象とするのは、路上から観察できる森羅万象。特に、その中のズレたもの、おかしなもの、不思議なものを主に探索するので、〝学〟というよりは、街歩きが一層おいしくなる、都市の新しい遊び方とも言える。

ちなみに、観ている対象の一部を紹介すると、西洋館、看板建築、銭湯ファサード、マンホール、消火栓、井戸ポンプ、門、塀、穴あきブロック、郵便受け、電信柱、火の見やぐら、煙突、ハリガミ、看板、街路樹、植木鉢、ニワトリ小屋、雨樋、児童公園、路面模様、装飾動物、狛犬、壺庭、ふしぎ店、オジギビト、トマソン、影、シミ……などの〝物件〟だ。

この「路上観察学」が、従来の都市ウォッチャーと一線を画しているのは、ふだん一番目玉に飛び込んできやすいもの、例えば人間、犬猫、野鳥といった生き物、さらには、風俗、ファッション、流行といった消費物を〝ナマモノ〟と呼んで、原則としては対象外にしていることだろう。それだけではなく、すでに観光の対象になっているもの、懐古趣味的に面白いものも、なるべく避けて通るようにしている。

なぜかと言うと、これら日常目に入り易く、それ故、すでに名づけられ、分類され、解釈されてきているものというのは、いわば都市の表皮的な部分と言えるだろう。僕らの経験でいえば、そうした表皮をちょっとめくることによって、その下にある知の領域や名づけにくい物体の一部が次々と垣間見えてきたからだ。

ここで「路上観察学」論をいつまでも語っているわけにはいかないので、興味のある方は、学会の最初の本である『路上観察学入門』（赤瀬川原平・藤森照信・南伸坊編、ちくま文庫）を是非めくって頂きたい。

いずれ劣らぬ目玉使いぞろい

僕たち「路上観察学会」には、独特の目玉使いの妙手たちが集まっている。その人たちのプロフィールとそれぞれの目玉の動かし方の一端を紹介してみる。

まず、赤瀬川原平、四九歳、画家そして作家。団塊の世代が多いこの「学会」では、ひときわ年長であり、また、その含蓄のある発言によって〝長老〟と呼ばれている。彼は、一九七〇年頃から美学校の若い仲間（南伸坊や僕など）と街を歩き、各種建造物に組み込まれたまま美しく保存されている無用の長物に注目し、のちに巨人軍のゴールデン・ベンチウォーマーだったトマソン選手にちなんで「トマソン」と命名し、〝トマソン観測センター〟を創った（『超芸術トマソン』ちくま文庫）。

トマソンは、ズレたものの面白さの発見であり、街の隠された貌《かお》を探し歩く路上観察学成立の大きなキッカケを作った。さらに、尾辻克彦というもう一つの名前で芥川賞をとったこの人は、物件を発見するだけでなく、それに名前をつけ、それにまつわるストーリーを想像するという楽しみ方を定着させた。路上観察学と文学を言葉の触手を伸ばしてドッキングさせた『東京路上探険記』（新潮文庫）に、その真骨頂が示されている。

二番目は藤森照信、四〇歳、東京大学生産技術研究所助教授。常人には及びもつかないスピードで歩き、驚くべき打率で、大物の物件を捕捉し、「ヤッパ、ヤッパ」を連呼しつつ新理論を鼻息荒く喋るこの人には〝バース〟の異名がある。

藤森は、近代日本建築史を専攻していた大学院時代、文献中心の学問に飽き足らず、友人と「東京建築探偵団」を結成して街を歩き西洋館を覗きはじめた。それ以来、日本全国の主な近代建築に足を運んでいる上に、建築にまつわる図像などについては博覧強記であり、さらに、野蛮なまでの行動力もあって、「学会」の理論・実践両面の強力な牽引車となっている。

藤森の冒険のかずかずは『建築探偵の冒険　東京篇』（ちくま文庫）にまとめられ、日本文化デザイン賞、サントリー学芸賞を受賞している。また建築探偵団編集の西洋館ガイドには『建築探偵術入門』（文春文庫）がある。

「路上観察学会」発会記念（写真　飯村昭彦）

三番目は南伸坊、三九歳、イラストライター。コマーシャルでおなじみのオニギリ頭の温い人柄と、物に動じないユッタリとした性格ゆえに〝お地蔵さん〟と呼ばれている。

南は週刊誌連載をキッカケにはじめたハリガミ（看板）の観察がオハコだ。ハリガミという、路上観察の中では初心者向けのジャンルが、実は奥が深いことを教えてくれた『ハリガミ考現学』（ちくま文庫）は、けだし名著だ。とりわけ、掲出者の意図と何の関係もなく、見る人間が勝手な読み方をして楽しむ〝曲解〟は、ハリガミだけでなく、他の物件の場合にも適用される観察方法（＝遊び方）に定着しつつある。

四番目は林丈二、三九歳、キャラクター・デザイナー。この人は、邪心のない無垢な好奇心の固まりのような人で、星の数ほどの調査項目を、いとも気楽な雰囲気でこなしていくので〝神様〟と会員たちから崇め奉られている。林の主要な観察対象であるマンホールについては、すでに日本とヨーロッパの調査にひと区切りをつけて、『マンホールのふた・日本篇』『同・ヨーロッパ篇』（サイエンティスト社）という前代未聞の奇著をまとめている。

林は、また写真の名手でもある。他の会員は、写真を撮る時、どうしても何がしかの作品的意図が入り込んでしまうことが多いのだが、彼は物件そのものが語り出すような写真を次々と撮ってくるので、この面でも一同は脱帽のしっぱなしだ。

五番目は一木努、三七歳、歯科医。他のメンバーと、少々趣が違っていて、解体される名建築や思い出のある建物のカケラを二〇年間にわたって拾い集めている。その総数は約五〇〇カ所、約一二〇〇個を超え、一九八五年東京と大阪で開かれた「建築の忘れがたみ」展は大好評を博した。一木の建物やモノに対する愛情は並のものではなく、そのやさしさゆえに、林と並ぶ〝神族〟の一人と敬われている。

路上観察学会にはその他、女子高生制服ウォッチングで名高い森伸之（『東京女子高制服図鑑』弓立社）、オジギビト採集の漫画家とり・みき、アジア建築探検隊の藤原恵洋もいる。また、博物学・神秘学・幻想文学などの博識をもとに、学会の理論的バックボーンにもなっている荒俣宏、江戸ブームの先駆けとなった漫画家の杉浦日向子、映画・漫画はじめ都市図像解読に健筆をふるう四方田犬彦も控えている。さらには、トマソン観測センターの鈴木剛、田中ちひろ、恐怖のエントツ写真を撮った飯村昭彦、若冠一五歳で場外ホームラン的物件を発見した井上迅も加わっている。

そして、不肖わたくしも参加させてもらっている。ただし、会員の皆さんの純粋な研究成果の商品化をたくらんでいるというので〝商人〟と呼ばれているが……。

考現学の不思議な世界

僕たちの路上観察学には、「考現学」という遠い祖先がいる。現在、考現学という言葉は、単なる慣用句としてエッセイなどに使われているが、今和次郎、吉田謙吉という人たちが昭和初年に始めた時には、目玉にうつる建造物、風俗、人間の行動などを、あくまで興味本位に観察し、記録するものだった。そうした考現学の初々《ういうい》しい姿は、今・吉田ご両人編著になる『モデルノロヂオ』『考現学採集』の復刻版（学陽書房）や今和次郎の『考現学入門』（藤森照信編、ちくま文庫）などを開けば伝わってくる。

好奇心のおもむくままに、まったく役に立ちそうにないものを観察していた舞台美術家吉田謙吉の記録は、とりわけ路上観察的で、今読んでも、不思議な面白さが伝わってくる（吉田謙吉著、藤森照信編『考現学の誕生』筑摩書房）。

考現学→路上観察学的な視点で街を観察している人は、妹尾《せのお》河童《かっぱ》、玉村豊男、松山猛、佐貫亦男など、僕たちの周辺以外にも沢山いる。これらの人々のどの本も、都市ウォッチャーには、刺戟的で発見に満ちていて楽しい。

目的を持たず、自慢し合う

「街歩きに理屈はいらない」と言いながら、何やら「書を持って書斎にこもろう」的な雰囲気になってしまった。

当たり前のことながら、路上観察の楽しさは自分の目玉を自らの好奇心の趣くままに駆使することに尽きる。そのためには、次の二つのことに留意するといいだろう。

一つは「目的を持たないこと」。なまじ、「トマソンを見つけよう」「西洋館ウォッチングをやろう」と狭く目的をたてると、とたんに義務的になり、目玉がキュークツになってくる。もう一つは「仲間をみつけて自慢し合うこと」。街を歩き、ヘンなものを見つけ写真に撮る――この行為をたった一人でやっていると、テキメンに暗くなってくる。明るく楽しくやってこそ、目玉は生き生きと活動してくれるのだ。

それでは、皆さん気をつけて行ってらっしゃい。

(「ウォーク」一九八七年三月)

「陰謀家」の密やかな笑い

僕はオタク生まれ、編集育ちなので、モノや情報を蒐集し、編集していくことは得意だという自負はある。

しかし、対象が生身の人間になると、一筋縄ではいかない。必ずしもうまくは運ばないことが多いようだ。生きている人間を編集してみたい。それは編集者にとっては究極の夢だったような気がする。

僕は、これまでの人生で、いろんな出来事と出会ってきたが、そういう中に、「人の編集」というものの姿が垣間見えたことがある。その稀有な体験を報告してみる。

それは、一九六八年、僕は一九歳、大学の二年生になって間もない頃のことだった。当時、日本各地で「ベトナム戦争反対」「日米安保条約粉砕」「大学解体」をスローガンに、学生たちの反乱が起こりはじめていた。

六〇年安保闘争でこの国を揺り動かした「全学連」は、闘争敗北時に四分五裂して勢力が衰えていった。そこに民青（日本共産党の青年組織）が入り込み、学生自治会のヘゲモニーを握っていた。反民青の学生たちは、全国的な反乱を背景に急速に勢力を伸ばしていった。そして、民青対反民青の対立が激化していった。

僕が通っていた都立大学にも、この動きは伝わり、民青は、学生自治会の基盤をなすクラス委員の確保に奔走していた。

そんなある日、僕たち反民青ノンセクトの二年生が数名、部室にたむろしていた。四方山話に花を咲かせていたのだが、その時一人が、軽い調子で、こう言った。「今、民青は、大学祭実行委員会もあり、他校の応援にも駆り出されて人材不足で、大学祭の実行委員の候補を揃えるにも四苦八苦しているらしいよ」。その言葉を聞いた瞬間、僕の中ではじけるものがあった。僕は語気を強めて、こう言った。「そうだ、大学祭を奪っちゃえばいいんだ。あいつら慌てるぞ」。「奴ら腰を抜かすぜ」。

その無様な姿を見てやりたい。

火がついたように一同、僕の提案に賛意を示してくれた。そこからは、僕は頭の中に次々と浮かんでくるアイディアを話し続けた。「民青に対抗するには、民青と逆のことをやってみよう」。「例えば民青はクラスを基礎にオルグ活動を展開している。それに対して僕たちはサークルから攻めてみる」。

ここで注目したのは各人が持っている個性だった。文系サークルでは、もともと政治や社会への関心が高い連中も多くいることもわかった。彼らは自立心が強く民青が嫌いだった。そういう核になるメンバーに接触し、そこから所属サークルの情報も入手する。こうして、各学生の個性特徴を集めていった。今で言えば顧客情報のようなものだ。

僕たちが通っていた目黒キャンパスの校舎にいる人文学部、経済学部、法学部といった文系のクラスへのアプローチから始めた。その中には反民青的な立場をはっきり表明している者もいて、そういう人間にアプローチし、その知人たちへと働きかけをしていった。反代々木系の社研などのサークル、文芸部、映画研究会、美術部のような反体制志向と自立志向の強いサークルには積極的な反民青の人がいるので、そういう人を核にして広げていった。

続いて、それまで文系クラス、サークルを通じて接触できたメンバーから、理工系クラスにも広げ、趣味系サークル、体育会にもアプローチしていった。体育会系のサークルには強い右翼体質の連中も沢山いたが、「反民青」の企みには喜んで参加してくれた。民青はその勢力を強化するために活発にオルグ活動を行っていた。そこで語られるのは、ベトナム戦争反対や安保条約粉砕などの政治的テーマや大学改革などだった。それに対して、僕たちのスローガンは「大学祭をもっと楽しく」だった。この軽さが僕たちのオルグには圧倒的に有効だった。

最初は、僕たちノンセクトのやっていることを、冷ややかに見ていたセクトの連中も僕たちの行動に興味を示すようになった。民青は組織第一だからクラス委員さえ押さえればいいという考えだったが、僕たちは一人一人の学生から動かしていこうと考えた。そのために個性をつかむためにデータベースづくりにも集中した。

こうして大学祭実行委員会の総会が開かれる日がやってきた。

僕たちの提案を説明するのは、鈴木宏。僕は「陰謀家」と自称して、会場の片隅で連絡係に指示を出していった。発言者に強調すべき点を伝えたり、民青の提案の突っ込みどころを指摘したりした。ここでも「大学祭を楽しく」というスローガンは有効だった。投票の結果、僕たちの提案が大差で勝利した。僕は陰謀家らしく秘かにホクソ笑んでいた。

お陰で、前年までの御用学者の講演とプロパガンダ映画しかなかった退屈な大学祭が一気に華やかなものになった。吉本隆明の講演があり、長谷川伸原作の股旅物映画、深作欣二のバイオレンス、今野勉のテレビドラマ「七人の刑事」、ソ連に抵抗したチェコの映画など、盛り沢山だった。

僕は、赤瀬川原平の交友関係を利用して、シンポジウム「芸術にとって国家とは何か?」を開催した。司会は気鋭の美術評論家・石子順造で、画家の赤瀬川、画家の中村宏、詩人の鈴木志郎康、テレビディレクターの今野、舞踏家の土方巽がパネラーだった。

また、唐十郎にも出演してもらった。状況劇場が大学祭に赤テントを持ち込んで公演を行っていると聞いたのだ。そこで、都立大のような小規模の予算で運営している大学での公演は難しくても、歌謡ショーなら出来るだろうと思い、唐に、学生新聞への寄稿とあわせて頼んでみた。彼は、李麗仙、麿赤児といった中心役者とギターを抱えた小室等を引き連れてやってきた。この歌謡ショーは大好評で、他大学でもいくつか開かれたそうだ。

大学祭特集号・六面

都立大学新聞

THE JOURNAL OF THE METROPOLITAN UNIV

第148号

発行所　東京都立大学新聞会
TEL ４８０１１１～７

抗議声明

10・21国際反戦闘争に対する騒乱罪適用を怒りをもって弾劾する!!

昭和43年10月25日
東京都立大学新聞会

主張

一切を全的解放へ

大学祭運動における我々の立場

第20回大学祭－11月1日～4日

昭和元禄無風期の芸術家総唖化

―70年の時流と沖縄の眼の孤立者―

唐　十　郎

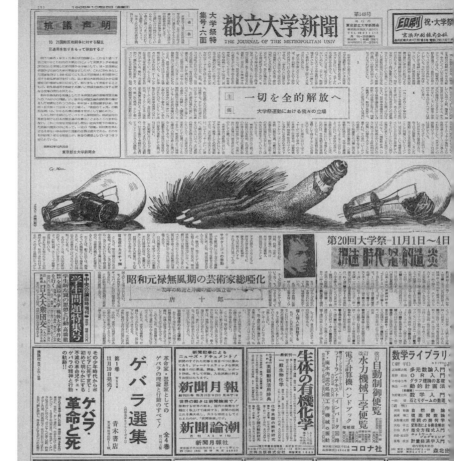

個的幻想と共同体的幻想

芸術裁判は幻想奪取の力関係

幻想破壊・創出を含む表現の自由は無制限

石子順造

芸術表現にとって

―機械観念メモ―

エロティシズムと機械の対応

中村宏

中村宏「階段にて」

テレビの呪術的意味

時間の中の「営なみの感覚」に

今野勉

今野勉演出・「二人だけの銀座」より

国家とはなにか

シンポジウム

「政治と芸術」論議に終止符を

"国家"と"表現"を焦点に

アジアの空と舞踏体験

世界をバラす切羽つまった願望

土方巽

個有な表現に向って

芸術は表現を圧殺する道具

鈴木志郎康

手鏡に映る国家の正像

無届けの思想、無届けの表現を

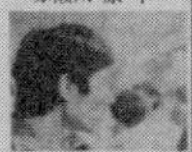

赤瀬川原平

僕たちのオルグ作戦は功を奏し、自治会での投票でも反民青の勢力は、勢いを増していった。

僕は、大学祭を盛り上げるための戦略に新聞も加えることを考えた。「都立大学新聞」の大学祭特集号だ。まず一面に、赤瀬川の描き下ろしイラストと唐十郎のエッセイを掲載した。次に、見開き四ページで、シンポジウムと同じタイトルの特集を組み、シンポジウム出席者五人にエッセイを書いてもらった。

この大学祭での主導権の奪取、シンポジウム、新聞の特集号を立体的に仕掛けた行為）そのものが、見事な「編集」だった。僕の編集作品第一号だが、その割にはよくできていると思う。

（書下ろし）

「論壇地図」の泥沼

僕は「本」という世界でいろんなタイプの仕事をしてきた。中にはなかなかその世界に馴染めず、校了間際になってやっと辿りつくことができるという難物もあった。一方で、始まる前からノリノリで、こんなにのめり込んで大丈夫なのかと心配になるぐらい熱中してしまう仕事もある。「論壇地図」もそういうものだった。

同時代の論壇・文壇の動向と人間関係を鳥瞰したこの地図は、その一年間にあった戦争や事件や事故、災害などのトピックを中心に、文化人、知識人、思想家、作家、エッセイスト、スター、犯罪者、などといった人たちの言動や振る舞いを紹介していった。人の言動や活動を拾い出す作業はオタク魂を強く揺さぶった。それをグルーピングし立体化していくと編集スピリッツが熱く燃えた。

これは、オタク魂と編集スピリッツがフル稼働した、空前の紙上大作戦の記録だ。

この「論壇地図」は、赤瀬川原平、南伸坊、僕という櫻画報社の三人が組んだ仕事では、最大規模だった。全五回のうち後半の三回が僕たちの仕事だった。

僕たちの前にも、「現代の眼」は毎年、論壇、文壇の人間関係を漫画で鳥瞰した図を、新年の付録としていた。

一九七〇年当時、「現代〇〇考」という、パロディ風イラストを同誌に連載していた赤瀬川に、この論壇地図の依頼がきた。論壇、文壇の事情にうとい彼は、「無理だ」と思った。しかし、彼と知り合った直後に僕が、新左翼の系統図を描き、それを前にして離合集散の経緯を一晩かけて語り続けたことを思い出した。そこで「やる?」と水をむけてきた。僕は「これはやるべき仕事だ」と思い、「是非やりましょう」と力強く答えた。

最初の年、一九七一年新年号「現代論壇考」は、グラビア(スミ一色)八ページで全体に黒くて暗い海がひろがり、そこに島や人びとが点在している。

一番目の見開きは政治の世界。国会型の島の頂点には佐藤栄作が君臨、ミニ国会型の島には宮本顕治がいる。空にはよど号が飛び、セクトの巨大ヘルメットがぶつかりあっている。

次の見開きは論壇、文壇の世界。全体的な停滞ムードを画面中央の「シーン」という大きな擬音(?)が象徴する。

三番目の見開きは、従来の論壇地図にはなかった芸術、文化の世界。赤瀬川は、現代芸術作家をはじめ、付き合いのある人も多く、土方巽と暗黒舞踏派、唐十郎の状況劇場、カメラマンの中平卓馬など、詩人の鈴木志郎康、吉増剛造など、そして、「ガロ」の漫画家など、似顔絵になっている人もあり、活気があった。

翌一九七二年の新年号でも、「論壇地図」を依頼された僕たちは、ガラッと変えた。全体を書棚にして、一人ひとりの人物や集団を書名のパロディで見せていく。そこで、冗談や罵倒が得意な呉智英にも力を借りた。

こうして「現代読書考」は出来た。オフセット一色で八ページ。最初の見開きは馬オジサン（「櫻画報」の登場人物）の古本屋で、政治の世界の本が並ぶ。次の見開きはへの先生の書斎で、思想と文学の本が並ぶ。最後の見開きは、泰平小僧（「櫻画報」の登場人物）が路上で店開きしているゾッキ本屋で、芸術と文化の本が揃っている。

さて三年目、一九七三年新年号、僕たちは、「より面白く」「より楽に」をめざしたが、結局、表現はエスカレートしていった。まず、本誌から飛び出し、B半截判二色刷りのポスター風付録となった。面積は、前年比一・五倍以上、全体の構図は初年度に近く、今度は赤い血のような海が全体に広がっている。

一九七二年には連合赤軍事件、横井庄一、小野田寛郎《ひろお》の出現などのビッグ・ニュースが続き、識者が多彩な談話や論を発表していた。そこで、人々のグルーピングだけでなく、その人らしい発言を探してきて、吹き出しに収めた。

昭和36年6月30日国鉄東局特別承認雑誌第1105号　昭和48年1月1日発行（毎月1回1日発行）　第14巻第1号

配置師・松田哲夫

大日本民主帝國論談地圖

これは最近の文化人、政治人、象徴人、および一般人の発言や動向をわかりやすく歪曲したものです（屁）有名人の皆さん、あなたはこの中のどこにいるでしょうか（乱）発言が一番わかりや

去年はイヌ年でもないのにワンコロが大活躍しましたね 呪 この中には全部で何匹いるでしょうか 腐 オヤ？ 猫も一匹まぎれこんでいます 淫 昨年と一昨年の新年号にも楽しい地図が載

僕はまず新聞の縮刷版や週刊誌、総合誌のバックナンバーを探しまくり、面白いコメント、大事な発言を集めた。集めた談話をちりばめ、人脈と集団、セクトなどのかたまり、つながりを考慮にいれ、全体の構図を赤瀬川と考えていった。彼は、それを大判のケント紙に鉛筆で描き写していく。この時、なるべく隙間ができないように、人々と発言で埋めつくす方針でいった。

こうなると、本人がその場で喋っている風にしたい。そこで、似顔絵の達者な南に加わってもらった。彼は似顔絵を描くのは好きだったが、仕事で描くのも、いっぺんに沢山の人を描くのも初めてだった。資料写真は、編集部と僕で必死に集めた。それでも、写真が入手困難な人は後ろをむかせるなどした。素人写真で特徴がつかめなかったり、写真と反対に顔をむかせたかったり、楽な仕事ではなかった。

結局、この年の論壇地図（正確なタイトルは「皇紀二千六百三十二年大日本民主帝国論談地図」）の登場人物は総勢約三六〇人、そのうち七割ぐらいが似顔絵なので、南は約二五〇人もの似顔絵を短時間で描くことになった。

僕の調査など準備に約一カ月。具体的な作業に入ってからは赤瀬川の家に約一週間、合宿して、仕上げた。この間、僕たちの頭の中はすっかり論壇地図に占領されていた。ある時、比較的すいている電車に乗っていた。目の前の座席には、まばらに人が腰掛けている。ボンヤリそれを見ていると、「あの隙間に、まだ何人か入れられる」と考えだす。そのうちに、目の前の人々に、製作途中である論壇地図上の登場人物がダブっていった。

具体的な製作作業に入ると、赤瀬川は鉛筆のラフにていねいにペンでスミ入れ。僕は、それを見ながら「その人は右むきに」「この人はうつむかせて」「この二人は手をつないで」と、姿勢の指示を出す。また、背広、ジャンパー、トックリセーターのうちどれにするかなど、服装も、一人ひとりの個性を考えて決めていった。

南は、次々と似顔絵を仕上げ、それを、赤瀬川、僕、担当編集者が見て、似ていれば貼り込む。似てない時は描き直す。それまで名前も聞いたことのない人を、ボケボケの写真で似せて描けという要求自体が過酷だった。

とにかく大変な仕事だったが、各自の作業を進めながら、冗談を飛ばしあっていられるので、楽しかった。ところが、締め切りが近づくと、楽しいばかりではすまない。終盤になると、仕事の段取りからいって、僕のやるべきことはどんどん減っていく。そこで、僕は写植や似顔絵の貼り込み係になった。赤瀬川は着実に背景や人物の体を仕上げる。南一人にプレッシャーがかかった。

さんざん苦労した甲斐があって、仕上がりは上々。周りの評判もよく、かなり辛辣に描かれた人の中にも喜んでいる人がいたという。

次の年は、編集部や読者からの要望は強かったのだが、赤瀬川は「第二次千円札事件」の渦中、僕は雑誌「終末から」の真っ最中、南も「ガロ」が忙しくなって、休ませてもらった。

櫻画報社版「論壇地図」がないと、読者や著者からも問い合せがかなりあった。そこで一九七五年の新年号には、また登場することになった。この時は、「面白く」「楽に」をまず考え、年刊新聞というスタイルにした。

面積は対前回比二倍になったが、顔の大きさも二倍以上になったので、南の作業は、かなり楽になった。そして、彼の似顔絵は二年間で飛躍的に上達、それだけ見ていても楽しい。また、赤瀬川の描き文字など新聞らしさを醸し出すテクニックも見事だった。

ところが、今度は僕が苦労した。新聞なので、文字を多くしたいと、張り切ってコメントを集めたのだが、「さて、割付け」という段階になって、困った。新聞の段をいかし、全体が新聞らしく見えるようにするのは、至難の技だった。また、段があるために、人々の関係や集団相互のつながりなどをあらわすのにも苦しみ、割付けは動きの少ないものになってしまった。

翌年は、前年のしんどい記憶が鮮明だったので、「大事件がなかった」と休載した。


一九七六年一〇月末、「今年は?」と編集部から打診。前回の製作直後は、「もうコリゴリだ」という気分だったのに、一年あくと、つらさの感覚が薄れ、逆に製作途上の狂気を懐かしむようになっていた。こうして、五度目の「論壇地図」作りが始まった。

今度は一九七三年のスタイル、一枚のポスター風に戻した。サイズは、一まわり大きい A半截判、二色刷。僕たちは、前二回の教訓をいかして、無駄の少ない作業工程を考えて製作作業にかかった。まず、原画を実寸よりも大きめに描くことにした。これで仕上がりの線がきれいになった。それでも似顔絵は小さいので、紙焼きをすぐできる態勢を整えてもらい、似顔絵が描けると写真にとり、写植といっしょに貼り込んだ。

編集部のバックアップ態勢もでき、余裕で仕事はスタートした。作業の不備が解消されると、内容をさらに充実させたいという欲望が強くなる。

一九七六年は、ロッキード事件があったので、それを中心に構図を考えた。三人で打ち合せをしている時、目の前にあった赤瀬川の仕事机が、手製の広いものだった。「この机の上に無数の人びとがひしめいて、てんでに喋っているのはどうか」ということになった。机の上に灰皿、タバコ、マッチ、財布、コーヒーカップ、ショートケーキ、入れ歯、お守り袋、タイヤキ、ヤカン、ギター、パレット、電卓、チリ紙、電球、花瓶などが雑然と置かれ、その間に無数の人が蟻のように蠢《うごめ》いている。タイトルは「1977年版大日本天皇制民主帝国クリーンアップ机上作戦盗視図」となった。

僕は、前二回の何倍もの資料に目を通し、面白いコメントや評言などをタップリ集めた。その結果、登場人物は約六五〇人、そのうち似顔絵が約六〇〇人近くに達した。南の似顔絵は、一九七三年には約二五〇人だったのが、七五年には約四五〇人に、この年には約六〇〇人近くに達した。短時日で描くには、これはとんでもない量だった。かくして、当初の「楽に」という目標は忘れられ、凝って凝って凝りまくることになる。

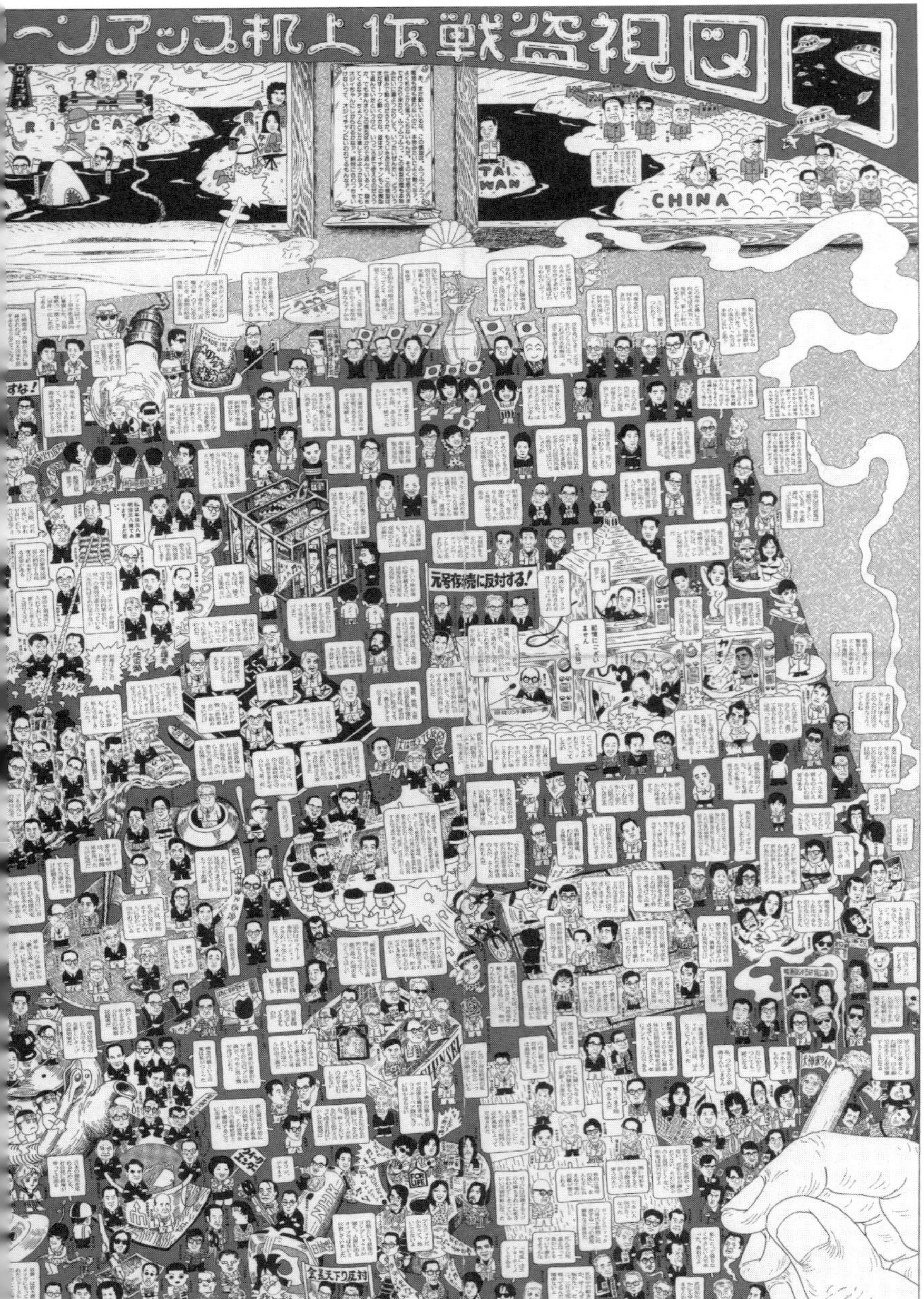

ーンアップ机上作戦盗視図
TAI WAN
CHINA
元号存続に反対する!

1977年版
SOVIET
ITALY
FRANCE
SPAIN
THAI
KOREA
意見広告運動の会
三里塚「廃港」を要求する!
石川さんは無罪だ!
正義の味方 検察バンザイ!
マスコミ交響楽団
グループ1984年

これで、櫻画報社の「論壇地図」は終った。「現代の眼」編集部としたら、もうコリゴリだっただろう。頼んでもいないところまで、凝って凝って凝りまくるものだから、コストがかかりすぎていたはずだ。翌年には、正式の依頼はこなかった。仮に依頼がきても、僕たちは二度とやらなかったと思う。それまでのようにエスカレートしていくとしたら、この先どうなるか、その作業を想像するだに恐しかった。

（「凝って凝って凝りまくる」『編集狂時代』新潮文庫所収、をもとに大幅に改編）

終章　編集をこよなく愛す

難病二冠王の心構え

最初に異常を感じたのは二〇〇七年の春のことだった。

朝起きると手足が腫れ、手首や足首、そして指の関節が痛む。手首の痛みがひどい時には、ペットボトルの蓋が開けられなかった。いつまでも痛みが治まらないので、整形外科を訪ねてみると、あっさり「関節リウマチ」と言われた。原因不明なので完治が難しい免疫系の難病だ。それでも、金剤と生物学的製剤を使用すると症状は見事に消えた。

そこで、ホッと一息ついたのだが、頭の片隅には？マークが点滅していた。足が痛いので歩きにくかったのだが、リウマチの症状が消えてもまだおかしい。最初の一歩が出しにくい。普通に歩こうとしても足に軽い重りがついているようだ。歩きながらの加減速が難しい。これはおかしいと調べていくうちに、神経内科で「パーキンソン病」と診断された。この病気に効くという薬を飲み始めたら、数日で普通の感じで歩けるようになった。この病気も難病の一つなので、僕はいつの間にか難病二冠王に輝いていたのだ。

なんで、こんなことになったのか。二〇〇八年、僕は役員定年で筑摩書房の専務取締役を退任した。その後は、基本はフリーの編集者になった。振り返ってみると、それ以前の僕はフル回転で仕事をしていた。筑摩書房の編集部門を統括し、若い人向け新書の編集長を務め、編集者として年に八冊の本を担当した。そのほか、テレビで本を紹介し、雑誌などに連載原稿を書き、講演や講義もこなしていた。睡眠時間は平均五時間ぐらい。それでも、すべての仕事が、自分が好きな本に関わるものなので苦痛は感じなかった。

でもかつての僕の身体には、かなりのストレスがかかっていたのだろう。しかし、それは嫌なものではなかったので、身体の方では、それを常態としてバランスをとっていた。ところが、役員退任などで大きなストレスがなくなった。それが引き金となって、免疫など体内のバランス機能が狂った。まったくの素人考えだが、そういうことはありうるのではないか。

フル回転で仕事をしていた時は、とても充実していた。しかし、今さら、そんな状態に戻って仕事をすることはできない。それに、症状は消えたが、筋肉や関節が前のようには動かないし、その他の加齢現象もあって、ちょっとした作業にも手間取る。でも、そこで焦らない。急いで横着すると、あとで後悔するからだ。少しぐらい時間がかかっても、ていねいに仕事をしよう、それが、難病二冠王に輝いた今の僕の心構えだ。

さいわい、まだまだ本は読めるだろうし、書いたり話したりすることで不自由はない。編集者として、これからの仕事を約束してくれる作家の方々もいる。ブックコメンテーターとしての仕事の依頼も続いている。新しい心構えで、ゆっくり楽しみながら、本にまつわる仕事を進めていきたい。

（産経新聞「仕事の周辺」二〇〇九年一二月一三日）

〈付記〉

歩き始めて五分ぐらい経つと、左膝に激痛が走り、歩行困難に陥る。ガードレールに倚りかかりしばらく休んでいると痛みは去っている。これが続くので、これまで一〇分で歩けた距離に三〇分近くかかってしまう。

医者に診てもらうと、脊椎管狭窄症と診断された。二〇一七年のことだ。

この病気は四十肩や五十肩と似ていていま一つ解明されておらず、脊椎を切り開く手術もあるが、うまくいくとは限らない。一種の難病なので、本屋にはいろんな本が並んでいる。パーキンソン病からくる運動の不都合にこの病気のそれが重なると身動きが取れない。

こうなると仕事どころではない。ＮＨＫラジオ深夜便の出演も中止し、四本あった連載コラムも終了させ、猿楽町の事務所も閉じた。

こうして身のまわりを整理してみると、脊椎管狭窄症の痛みは嘘のように消えていた。何もしないで治るのは、この病気にはよくあることのようだ。

その後、二〇一九年一〇月、肺気胸で緊急入院・手術した。また、二〇二〇年八月、洗濯物を干していて急に転倒。起立性低血圧、誤嚥性肺炎で入院する。そこで頭部に慢性硬膜下血種が見つかり、二度手術をして退院。そのあとはショートステイを経て介護付き老人ホームで暮らしている。

古書になって輝く本を作り続けたい

古書には、ずっとお世話になっている。学生時代までは、新刊書はめったに買わず、読みたい本は古本屋で探した。こうして古本屋回りをしているうちに、奇妙な雑誌や本にであうことになる。それが宮武外骨の「スコブル」や「繪葉書世界」であり、今和次郎・吉田謙吉『考現学』や磯部鎮雄「いかもの趣味・考現学の巻」だった。

その頃友人になった赤瀬川原平と、こういう本を見つけては、お互い持ち寄り酒の肴にした。お酒を飲みながら頁を開いていくのが、なによりの楽しみだった。僕たちは、「珍本」をためつすがめつ眺めては、あれこれ想像していった。二人とも、なまじ知識がなかった分だけ、自分の目に映ったものをたよりにイメージを広げることができた。

外骨の「滑稽新聞」をめくっていると、次々と斬新なエディトリアルや表現に出会う。その一つ一つが新鮮な驚きだった。そこで、周囲にいる古書通や近代ジャーナリズムに詳しい人に訊ねたのだが、「反骨のジャーナリストだよ」「江戸明治文化の研究家ね」といった、通り一遍の反応しか返ってこない。そうか、どんな型破りな人物でも、ある時間が過ぎてしまうと、決まったくくりに収められてしまい、表現のもつインパクトは忘れられてしまう。

その頃、赤瀬川と一緒に本を作ることになった。「朝日ジャーナル」連載などをまとめる『櫻画報永久保存版』（青林堂）だ。その時、二人で、「古本になって、出会った時にうれしい本にしよう」と話し合った。何十年か先、古本屋や古書展の片隅にひっそりと並び、それを「不思議な本があるぞ」と取り上げて買い、「どういう人が作ったんだろう」と想像して楽しむ。そういう本にしたかった。未来の、まったく未知の読者が、まっさらな目でその本を眺める。その時、本作りの過程で僕たちが企んだ仕掛けを発見してほしい。いわば、遠い未来に向けて、誰が開けるかわからないタイムカプセルを埋めておくような気分だった。赤瀬川がつぶやいた「口惜しいなあ。この本を見つけて、この企みの全てを解明できる読者がうらやましい」と。

それから永い年月が過ぎ、僕は五〇〇冊近い本を編集してきた。もちろん、新刊で売れてほしいと思う。でも、「古本になって魅力的な本にしたい」ということを、忘れてはいない。新刊時には、著者、出版社、本のテーマなど、その時にもっているイメージや力に依存する部分が大きい。しかし、時間が経って、そういうものが削ぎ落とされた時にこそ、その本の個性が立ち上がってくるような気がする。こうして、僕は未来の古書作りにせっせと励んできた。

今でも、味わい深い古本を手にとって、隅々までじっくり眺めるのが好きだ。僕自身、いろんなシチュエーションで本作りをしてきている。だから、ちょっとした誤植、破れなどからでも、その本の作られた状況が彷彿《ほうふつ》としてくることがある。これは粗探しではないし、ことさら書誌的な発見を誇るものとも違う。ある本を書いた人、編集した人、印刷した人、製本した人、いろんな人が関わっていたという感触を味わいたいのだ。本を作った側から言わせてもらえれば、そこに作り手がいることに気づいてほしいということでもある。

いつの頃からだろう、古書展を流していると、昔、僕が編集した本に出会うことも多くなった。そういう時は、「おっ、元気かい」と挨拶したい気持ちになる。と同時に、その本を作った時の苦労などが走馬燈のように駆けめぐる。そして、「よし、新しい読者に出会えることを祈ってるよ。あの仕掛けを見つけてくれるといいのだが」と心の中で声をかけ、その場を離れることにしている。

（東京都古書籍商業協同組合編『古本カタログ』晶文社二〇〇三年）

松田哲夫年譜

一九四七年　一〇月一四日、松田正夫、帛子の二男として、東京都武蔵野市吉祥寺に生まれる。
一九五三年　武蔵野市立第四小学校に入学。安野光雅先生に学ぶ。
一九五九年　武蔵野市立第四小学校卒業、私立麻布学園中学校に入学、新聞会に所属。山口昌男先生に学ぶ。
一九六六年　私立麻布学園高等学校を卒業、東京都立大学人文学部に入学。新聞委員会に所属、大学院生だった上野昂志が「ガロ」（青林堂）に目安箱を連載していた縁もあり、広告の仕事も兼ねて「ガロ」に通う。出版や漫画について現場で学ぶ。新聞への寄稿依頼で赤瀬川原平と知り合い、親しくなる。赤瀬川と「革燐同（革命的燐寸主義者同盟）」「革珍同」を名乗り、明治、大正、昭和初期の実用マッチラベルや引札、宮武外骨刊行の雑誌、今和次郎の考現学関連の本などを集めて歩いた。
一九六九年　四・二八沖縄デーのデモに野次馬として参加。逮捕され勾留二三日間の後、不起訴になる。世田谷シネクラブに参加し、そのメンバーが勤めていたスナックで筑摩書房の編集者Aと知り合い、彼の紹介で筑摩書房の嘱託となり『現代漫画』（筑摩書房）の編集を手伝う。水木しげるのすすめで「鬼太郎」の原作（「妖怪大裁判」ほか数編）を書く。都立大学の大学祭実行委員会の主導権争いに「二年生有志として介入し、民青を打倒して、ヘゲモニーを奪取。当日は本部企画として、長谷川伸原作の任侠映画、シンポジウム「芸術表現にとって国家とはなにか」を催し、新聞委員会としては同タイトルの特集を組み、シンポ出席者のエッセイを掲載した。学生運動の周辺で歌われていた替え歌に注目し、集めて冊子『当世学生運動戯歌集』として刊行。翌年に大幅に増補し、『戯歌番外地──替歌にみる学生運動』（三一新書）を刊行。（冊子、新書ともに赤瀬川の挿画、装画を使用した）。この仕事を機にして、呉智英と知り合う。
一九七〇年　赤瀬川が美学校「美術演習」の講師を引き受け、助手としてサポート。翌年からは「絵・文字工房」となった。この教場には、南伸坊、渡辺和博が通ってきていた。『櫻画報永久保存版』（青林堂）を美学校生徒の力も利用して刊行。都立大を中退し、筑摩書房に正社員として入社。
一九七二年　「美術手帖」の「壮烈絵巻 日本芸術界大激戦」の作成・構成を赤瀬川と担当。作画は南。この仕事で四谷の祥平館に宿泊中、その建物に「凸凹芸術」（後に「超芸術トマソン」と命名）を発見。
一九七三年　隔月誌「終末から」創刊。スタッフの一人としてフルに活動する。井上ひさし「吉里吉里人」、野坂昭如の公害、農業など危機的な現状のレポート、赤瀬川の「虚虚実実話櫻画報」、つげ義春の新作漫画、林静一の美人画ポスターなどを担当するが、九号で休刊。同誌で呉智英がデビュー。
一九七四年　野坂昭如が参院選東京地方区に出馬。事務局長兼遊説隊長として、東京二三区を二三日間駆けまわる。ほとんど出社せず解雇されかかる。野坂は五三万七二一四票獲得するが落選。
一九七六年　論壇地図の極致「1977年版大日本天皇制民主帝国クリーンアップ机上作戦盗視図」を赤瀬川、南と製作、「現代の眼」新年号付録として発表。
一九七八年　筑摩書房が倒産。会社更生法適用を申請し受理され、再建へと進む。倒産前後には、単行本を企画・刊行する。主な著者に宮本輝（『螢川』芥川賞受賞）、吉村昭、川本三郎、富岡多恵子、小沢信男など。
一九八二年　「ちくまぶっくす」をリニューアル。和田誠にシンボルマークを依頼し、デザイン全体への助言もいただく。翌年、天野祐吉『広告の本』刊行に合わせて、既刊分も新デザインでリスタート。この双書では、埴谷雄高、山際淳司、鎌田慧、長井勝一、筑紫哲也、川本三郎、R・ホワイティング、杉浦日向子などの著書を刊行。
一九八三年　野坂昭如が衆院選新潟三区で立候補。田中角栄に挑戦。事務局長に再び就任するが野坂は再び落選。
一九八四年　浅田彰『逃走論』を刊行、ニューアカ・ブームを牽引する大ヒットになる（文庫も合わせて累計二〇万部）。ちくま文庫創刊を会社に提案。
一九八五年　ちくま文庫を初回二〇点で創刊。初年度から大きな黒字で大成功、最高のスタートを切る。浅田彰の『ヘルメスの音楽』を核にして知とアートの双書水星文庫を創刊。種村季弘、赤瀬川、池内紀、伊藤俊治、四方田犬彦などの本を刊行。『宮武外骨・滑稽新聞』（全六巻）、宮武外骨『予は危険人物なり』、赤瀬川『外骨という人がいた！』の刊行にあわせて外骨リバイバルを赤瀬川、吉野孝雄、天野らと仕掛ける。

一九八六年　藤森照信『建築探偵の冒険　東京篇』（ちくま文庫）を刊行。累計七万五〇〇〇部のヒットになる。『路上観察学入門』の刊行にあわせて、赤瀬川、藤森、南、林丈二、一木努、立花卓（「芸術新潮」）らを発起人として路上観察学会を発足させ、事務局長に就任する。同学会には杉浦日向子、とり・みき、荒俣宏、四方田、森伸之らが参加。「芸術新潮」「広告批評」「東京人」の特集、INAXギャラリー、錦糸町西武などでの写真展、NHKや読売テレビでのTV番組出演など精力的にイベントを展開。また、京都、東京二三区、横浜市、愛媛県、埼玉県、山形県、東海道、中山道、奥の細道、上海、台湾などでフィールドワークを行う。『路上観察学入門』は累計八万五〇〇〇部の大ヒットとなる。文庫オリジナルアンソロジーの種村編『東京百話』（全三巻）を刊行。

一九八七年　路上観察学会のトークショー「路上派勝利宣言」を紀伊國屋ホールで開催。

一九八八年　安野光雅、森毅、井上ひさし、池内紀が編者のアンソロジー『ちくま文学の森』を創刊。累計で一〇八万二二〇〇部のベストセラーになる。続いて編者に鶴見俊輔が加わり『ちくま哲学の森』『ちくま日本文学全集』を刊行。それぞれヒットシリーズとなる。『和田誠百貨店B館』（美術出版社）の解説インタビューをひきうける。女性のための編集者学校で「編集論」「出版文化論」を講義する。その後も、西武コミュニティ・カレッジ、クリエイティブ・ライティング・スクール、編集会議編集者学校、原田治、安西水丸などのパレット・クラブ・スクール、デジタルハリウッド大学などで同様の講義を行う。「クロワッサン」でスーツのモデルになる。

一九九〇年　筑摩書房取締役に就任。NHKでのリメイク版放送を機に、ちくま文庫で『ひょっこりひょうたん島』台本版を刊行。一三巻で中絶。

一九九二年　ちくま学芸文庫を提案。山田かまち『悩みはイバラのようにふりそそぐ』を刊行（累計一〇万部）。

一九九三年　『つげ義春全集』（全八巻＋別巻一）を刊行。『山田かまちのノート』（ちくま文庫、上下巻）を刊行、一四万七〇〇〇部。

一九九四年　目黒考二の依頼で最初の著作『編集狂時代』（本の雑誌社、装丁・多田進）を刊行。『森茉莉全集』

（全八巻）刊行。茨木のり子『倚りかからず』を刊行（累計二八万二千部）。

一九九五年　月刊誌「頓智」創刊、編集長に就任、ADは南。一〇号で休刊。同誌が縁でクラフト・エヴィング商會『どこかにいってしまったものたち』などをプロデュース。二冊目の著書『これを読まずして、編集を語ることなかれ。』（径書房、装丁・南伸坊）を刊行。

一九九六年　TBS系テレビの情報バラエティ番組「王様のブランチ」出版コーナーのコメンテーターになる。毎週土曜日朝の生放送。地上波のテレビで本の紹介を定期的にする番組は少なかったので注目される。テレビ出演をきっかけに、小川洋子、西加奈子、重松清、岸本佐知子、永沢光雄、万城目学、神田うの、山口智子、田口ランディ、小澤征良、華恵の本を編集・刊行する。『杉浦日向子全集』（全八巻）刊行。路上観察学会でベトナムに行き「老人力」を発見。

一九九七年　津野海太郎の誘いで「季刊　本とコンピュータ」（大日本印刷）創刊に参加。（同誌には、内澤旬子のイラスト入りで、ドキュメント「印刷に恋して」「造本に恋して」を連載。）縄文建築団の一員として赤瀬川邸「ニラハウス」の建設に参加する。その後、秋野不矩美術館の仕上げなどにも加わる。

一九九八年　赤瀬川原平『老人力』を編集、刊行。四七万部の大ベストセラーになり、その年の新語流行語大賞に選ばれる（累計五二万八千部）。『尾崎翠全集』（上下巻）刊行。

一九九九年　『老人力』が毎日出版文化賞特別賞を受賞。天童荒太の『永遠の仔』に深く感動し、「王様のブランチ」などでその魅力を語る。これがきっかけとなり、勝手に応援団長を買って出て『家族狩り』『悼む人』『包帯クラブ』まで伴走する。柴田翔の勧めで共立女子大学で出版文化論を講義する。（後に、渡辺直樹の勧めで大正大学でも同様の授業を担当。）

二〇〇〇年　坪内祐三が編者の『明治の文学』（全二五巻）を刊行。倒産で中断していた太宰治賞を三鷹市と共同主催で再開することになり、そのために奔走する。再開第一回目の受賞者辻内智貴『セイジ』は十万部近いベストセラーになる。

二〇〇一年　筑摩書房専務取締役・編集部長に就任。『稲垣足穂全集』（全一三巻）刊行。銀座・紙百科ギャラリーで「編集狂松田哲夫展」を開催。現役編集者の展覧会は珍しかった。赤瀬川とのロングインタビュー『全面自供！』（晶文社）を刊行。

二〇〇二年　神蔵美子の私小説的写真集『たまもの』を刊行。物議をかもす。『印刷に恋して』（晶文社）を刊行。同著で第三回ゲスナー賞本の本部門銀賞受賞。『内田百閒集成』（ちくま文庫、全二四巻）刊行。

二〇〇三年　電子書籍専用端末「リブリエ」発表にあわせてソニーが電子書籍配信会社パブリッシングリンクを設立、CEOに就任。同社はソニーを中心に筑摩書房、新潮社、講談社など一五社が出資していた。雑誌「編集会議」に「本の生まれる場所」を連載（～一四年）。大田垣晴子《せいこ》責任編集の定期刊行ムック「オー」創刊。

二〇〇四年　若い読者向けにちくまプリマー新書を創刊、編集長に就任。藤原正彦、小川洋子『世にも美しい数学入門』（累計一九万部）をはじめ、吉村昭、玄侑宗久、最相葉月、吉岡忍、渡辺一史などの本を編集・刊行する。ADはクラフトヱヴィング商會で新書らしからぬ装丁が話題となった。『編集狂時代』を大幅増補して、新潮文庫に収録する（装画・和田誠）。

二〇〇六年　『「本」に恋して』（新潮社、装丁・平野甲賀）を刊行。天童荒太『包帯クラブ』を刊行。翌年、堤幸彦監督で映画化。ヴェネチア・ビエンナーレ国際建築展日本館に「藤森建築と路上観察」を出展。話題を呼ぶ。

二〇〇七年　早稲田大学坪内逍遥大賞の選考委員の一人となり、第一回に村上春樹を選ぶ。からだの調子がおかしいので調べると関節リウマチとの診断。治療するとリウマチは寛解に近くなったが、不調は続く。さらに調べるとパーキンソン病だと判明。病気との戦いが始まる。

二〇〇八年　「オリコンビズ」に「出版界観察記」を連載（～一七年）。役員定年で筑摩書房取締役を退任、顧問に就任。猿楽町に仕事場を設ける。

二〇〇九年　『「王様のブランチ」のブックガイド200』（小学館新書）刊行。「新刊ニュース」で「哲っちゃんの今月の太鼓本！」の連載を始める（～一七年）。王様のブランチを降板。

二〇一〇年　あすなろ書房から編者として『中学生までに読んでおきたい日本文学』（全一〇巻）を刊行。広く読まれ、累計二七万部のロングセラーになる。（『中学生までに読んでおきたい哲学』『小学生までに読んでおきたい文学』を続けて刊行。いずれもロングセラーになる。）ＮＨＫ「ラジオ深夜便」で月に一度、「ないとガイド　私のおすすめブックス」で本の紹介を始める（～一四年）。「百楽」で「絶賛堂書店」を連載。

二〇一二年　「週刊ポスト」に「松田哲夫の愉快痛快人名録・ニッポン元気印時代」を連載。筑摩書房顧問を退任。

二〇一三年　新潮社が新潮文庫創刊百年を記念して刊行した『日本文学１００年の名作』（新潮文庫、全一〇巻）で、川本三郎、池内紀と共に編者になる。候補作品には現役作家の活きのいい作品も並び、老舗出版社ならではのラインナップは華やかだった。

二〇一四年　「週刊ポスト」の連載を『縁もたけなわ――ぼくが編集者人生で出会った愉快な人たち』（小学館、装丁・南伸坊）として刊行。これを祝う会を東京會舘で開催。発起人の一人、水木しげるの挨拶が大爆笑を巻き起こした。赤瀬川原平逝去（七七歳）。一週間後に「赤瀬川原平芸術原論展」が千葉市美術館で開かれた。「超芸術家・赤瀬川原平の全宇宙」（芸術新潮）の編集に奔走した。

二〇一五年　「アンソロジーは花盛り」を東京新聞（中日新聞）に連載。

二〇一七年　室謙二、黒川創とトークショー「鶴見俊輔さんの仕事③　編集とはどういう行為か？」を催し、本にまとめる（ＳＵＲＥ発売）。

二〇一八年　筑摩書房顧問に再就任。

二〇二〇年　アンソロジー『家族で楽しむ「まんが発見！」』（あすなろ書房、全九巻）を刊行。

二〇二一年　アンソロジー『杉浦日向子ベスト・エッセイ』（ちくま文庫）を刊行。（二二年、同文庫で『お江戸暮らし――杉浦日向子エッセンス』を刊行。）

（ここに記した部数は、各商品の刊行から現在（二〇二四年九月）までの単行本、文庫などの累計売上部数である）

あとがき

僕が本を作ろうとすると、目の前に進むべき道が見えてくる。そこには、大小の難関が待ち構えている。僕はその時々の仕事で社内外のスタッフとチームを組む。ほとんどの問題点は彼らが解決してくれる。

今回の本は、イレギュラーなことも多く難しい仕事だった。その一つは僕の病気だ。一時期は思いつくままに書き飛ばしていたパソコンも使用困難になり、まともな字が書けなくなり、入力に手間がかかった。さらに、原稿やゲラを読む時、普通は編集者と読者の目で見ればいいんだが、今回はそこに著者の目も加わってくる。この視点の切り替えは面倒だった。そういう僕に折々にアドバイスしてくれる人がいた。山浦真一、鈴木優、萩野正昭、南陀楼綾繁《なんだろうあやしげ》、喜入冬子、鶴見智佳子、そして松田啓子。中でも喜入には社長の業務の傍ら神経を配ってもらった。心より感謝する。

僕は七十六歳の半病人だが、すっかり様変わりした出版界を眺めていると、まだやるべきことがあると強く思う。限られた命だが出版界や筑摩書房への恩返しをしたい。

*この本では敬称は弔辞の言葉など一部を除いて省略した。

松田哲夫（まつだ・てつお）
一九四七年、東京生まれ。編集者（元筑摩書房専務取締役）、書評家。東京都立大学中退。七〇年、筑摩書房に入社、書籍編集者として五百冊以上の本を編集。『ちくま文学の森』『中学生までに読んでおきたい日本文学』『日本文学１００年の名作』などのアンソロジーを多く手掛ける。「ちくまプリマー新書」を創刊。九六年よりＴＢＳ系テレビ「王様のブランチ」のコメンテーターを一二年半務める。著書に『編集狂時代』『印刷に恋して』『「本」に恋して』『「王様のブランチ」のブックガイド２００』『縁もたけなわ』など。

編集《へんしゅう》を愛《あい》して
アンソロジストの優雅《ゆうが》な日々《ひび》

二〇二四年一〇月五日　初版第一刷発行

著者　松田哲夫
装丁　南伸坊
発行者　増田健史
発行所　株式会社筑摩書房
東京都台東区蔵前二―五―三　〒一一一―八七五五
電話番号〇三―五六八七―二六〇一（代表）
印刷　株式会社精興社
製本　加藤製本株式会社

ISBN978-4-480-81694-8　C0095